KB112937

만과 편견

일러두기
- 이 책은 Jane Austen, 『*Pride and Prejudice*』(Project Gutenberg, 2013)를 참고했습니다.

Pride and Prejudice

오만과 편견

제인 오스틴 지음

살림

제인 오스틴

제인 오스틴의 언니 커샌드라 오스틴의 1810년경 작품.

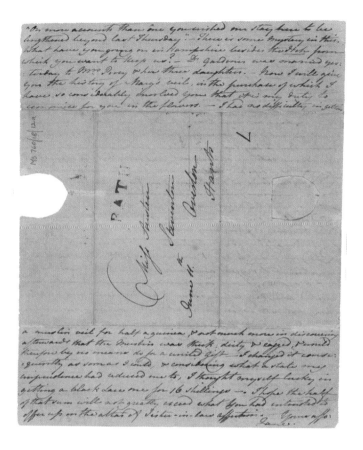

제인 오스틴의 편지

1799년 6월 11일 제인 오스틴이 언니 커샌드라 오스틴에게 보낸 편지의 마지막 쪽. 제인 오스틴의 생애에 관해서는 그녀가 쓴 편지 일부와 가족이 쓴 기록 외에는 거의 남아 있지 않다. 그녀는 평생 약 3,000통의 편지를 썼는데 그중 160통만 전한다. 편지는 대부분 언니 커샌드라에게 보낸 것이다. 커샌드라는 동생의 편지가 친척들 손에 넘어가거나 동생이 가족이나 이웃에 대해 쓴 신랄하거나 솔직한 이야기를 어린 조카딸들이 보지 못하게 막는다는 표면상의 이유로 동생의 편지를 검열하거나 없애버렸다. 제인 오스틴은 8남매(6남 2녀) 중 일곱째로 태어났다. 아버지 조지 오스틴은 부유한 모직 상인 집안 출신의 목사였다.

스티븐턴 목사관

제인 오스틴의 조카 제임스 에드워드 오스틴리가 1869년 출간한『제인 오스틴 전기(*A Memoir of Jane Austen*)』에 실린 삽화. 제인이 태어난 잉글랜드 남부 햄프셔 주 스티븐턴 교회의 목사관을 그렸다. 제인 오스틴은 9세 때인 1785년 언니 커샌드라와 함께 레딩 수도원 부속 여자기숙학교에 들어가 프랑스어, 철 자법, 뜨개질, 춤, 음악, 연극 등을 배웠다. 하지만 학비가 너무 비싸 이듬해 그만두었다. 이후 교육은 아버 지와 두 오빠 제임스와 헨리가 담당했다. 제인은 풍성하고 다채로운 책들이 꽂혀 있는 아버지와 가족 친 구 집 서가를 제한 없이 이용할 수 있었다. 아버지는 그녀가 이따금 시도하는 외설적 내용의 습작을 너그 럽게 허용했으며, 또 두 딸이 글쓰기와 그림 그리기에 사용할 값비싼 종이와 도구를 아낌없이 마련해주었 다. 한편 오스틴 가족과 친구들은 목사관 헛간에서 대부분 희극 작품인 연극을 공연하곤 했는데, 이 덕분 에 제인은 풍자 재능을 일찌감치 기를 수 있었다. 12세 때는 직접 극작품을 쓰기도 했다.

삽화본 『오만과 편견』

1833년 출간된 최초의 삽화본 『오만과 편견』 표제지. 제인 오스틴은 자신과 가족을 위해 재미 삼아 11세 때부터 시와 이야기를 쓰기 시작했다. 그녀는 나중에 1787년부터 1793년까지 쓴 29편의 초기 작품을 세 권의 공책으로 묶었는데, 생동감 넘치고 자유분방한 내용으로 모두 9만 자에 이르는 분량이었다. 14세 때 인 1790년 풍자소설 『사랑과 우정(Love and Freindship)』을 쓸 무렵 그녀는 수익을 목적으로 글을 쓰 기로, 즉 전문 작가가 되기로 결심했다. 1792년 미완성으로 남은 더 성숙한 작품 『캐서린 또는 굴복자 (Catharine or the Bower)』를 쓰기 시작했고, 1793~1795년에는 『레이디 수전(Lady Susan)』을 비롯한 여러 서간체 소설을 썼다. 그 사이에 첫 장편소설 『엘러너와 매리앤(Elinor and Marianne)』을, 21세 때 인 1796년에 두 번째 장편소설 『첫인상(First Impressions)』을 쓰기 시작했다. 1798년에는 훗날 『노생 거 수도원(Northanger Abbey)』으로 발표되는 『수전(Susan)』 집필에 들어갔다. 그녀는 흔히 자신의 작 품을 가족 앞에서 큰 소리로 읽어주곤 했다. 마침내 1811년 『분별력과 감수성(Sense and Sensibility)』 이 최초로 출간되어 호평받았고, 1813년에는 『첫인상』을 고쳐서 출간한 『오만과 편견』으로 큰 성공을 거 두었다. 이어서 『맨스필드 파크(Mansfield Park)』(1814)와 『에마(Emma)』(1815) 역시 성공했다. 사후 인 1818년 『노생거 수도원』과 『설득(Persuasion)』이 나왔는데, 이때까지 그녀의 모든 작품은 익명으로 발표되었다.

영화 〈오만과 편견〉

1940년 로버트 레너드 감독이 만든 영화 〈오만과 편견〉 포스터. 『오만과 편견』은 200여 년이 지난 오늘날까지 문학자와 일반 대중 모두에게서 가장 사랑받는 소설로 꼽히며 독자들을 매료시키고 있다. 지금까지 2,000만 부 넘게 팔렸으며, 이 작품의 주제와 등장인물의 성격을 모방한 무수한 문학 작품들이 계속 쏟아지고 있다. 또한 문학뿐 아니라 영화, 텔레비전 드라마, 연극 등 여러 분야에서 이 작품을 토대로 한 작업이 이루어지고 있다. 1938년부터 2005년까지 영화 3편, 텔레비전 미니시리즈 7편이 제작되었다. 2007년에는 제인 오스틴 자체를 모델로 한 영화 〈비커밍 제인(Becoming Jane)〉이 만들어지기도 했다.

오만과 편견 **차례**

제
1
부

제1장

재산깨나 있는 독신 남자라면 아내가 꼭 필요하다는 것은 누구나 인정하는 진리다. 사람들에게는 이 진리가 마음속에 너무 확고하게 자리 잡고 있었기에, 그런 남자가 이웃이 되면 그 사람이 어떤 사람인지 아무 상관없이 그를 자기네 딸들 가운데 하나가 차지해야 할 재산으로 여기게 마련이다.

어느 날 베넷 부인이 남편에게 물었다.

"여보, 네더필드 파크에 세 들어올 사람이 있다는 얘기 들었어요?"

남편이 못 들었다고 대답하자 부인이 다시 말했다.

"롱 부인이 그러는데, 돈 많은 젊은 남자래요. 벌써 계약을 했대요."

"이름이 뭔데?"

"빙리라고 한대요. 미혼이고 1년 수입이 4,000~5,000파운드나 된대요. 우리 딸들에게 정말 잘된 일이지 뭐예요."

"그게 우리 딸들하고 무슨 상관이 있다는 거지?"

"참, 답답하기는……. 그 사람을 우리 애 하나랑 결혼시켜야지요. 그 사람이 이사 오거든 당장 찾아가보세요."

"내가? 당신하고 애들이나 가보구려. 아니면 애들만 가라고 하던지. 그래, 그게 나을 거야. 딸애들보다 당신 인물이 좋으니 당신에게 반하면 어떡하라고."

"당신이 가봐야 해요. 윌리엄 루커스 경 부부도 빙리 씨 댁을 방문한다고 하더군요. 당신이 안 가는데 어떻게 우리끼리 찾아가요?"

겉으로는 그렇게 말했지만 베넷 씨는 사실 빙리 씨를 기다렸던 사람 중 하나였다. 속으로는 자신이 빙리 씨를 한번 방문하리라고 마음먹고 있었던 것이다. 그가 빙리 씨를 방문하고 돌아온 저녁까지도 아내는 전혀 눈치를 채지 못하고 있었다. 그런데 둘째딸 엘리자베스가 모자를 장식하는 것을 지켜보다가 베넷 씨가 느닷없이 말했다.

"리지야, 빙리 씨가 그 모자를 마음에 들어할지 모르겠구나."

"그걸 어떻게 알아낼 수 있겠어요? 그 사람 만나볼 수도 없는데." 그의 아내가 화를 내며 말했다.

"어머니, 그 집에서 보름 후 무도회를 연다고 하잖아요, 그때 만날 텐데요, 뭐. 롱 부인이 소개해주시겠다고 약속했잖아요." 엘리자베스가 말했다.

그러자 베넷 부인이 말했다.

"롱 부인은 그전까지 돌아오지 않을 텐데, 우리에게 빙리 씨를 소개해주긴 틀렸어. 에이, 빙리 씨 이야기는 이제 그만 해요."

그러자 베넷 씨가 능청스럽게 말했다.

"아이고, 내가 실수했네. 당신이 진즉 그런 말을 했으면 안 만나보는 건데……. 오늘 만나고 왔으니 이젠 모른 척하고 지낼 수도 없게 되었어."

부인과 딸들이 모두 깜짝 놀랐다. 그는 여성들이 놀라는 모습을 흐뭇하게 바라보았다. 베넷 부인의 놀라움이 딸들의 놀라움보다 컸다. 그녀가 남편에게 말했다.

"여보, 잘하셨어요. 나는 당신이 그럴 줄 알았어요. 당신은 애들을 사랑하니까요. 근데 오늘 아침까지도 아무 말 안 해주다니 정말 너무해요."

베넷 씨는 아내가 너무 호들갑을 떨자 고개를 절레절레 흔들며 밖으로 나갔다. 베넷 부인은 딸들을 보며 말했다.

"얘들아, 정말 훌륭한 아버지시지? 우리 나이에 사람을 새로 사귄다는 게 얼마나 어려운 건지 너희도 알지? 하지만 너희를 위해서라면 못 할 일도 없지. 얘, 리디아야, 네가 제일 어리지만 무도회에서 빙리 씨가 너랑 춤을 출 것 같구나."

그들은 베넷 씨의 방문에 대한 응답으로 빙리 씨가 언제 찾아올지, 언제 그를 저녁 식사에 초대하는 게 좋을지 의논하며 남은 저녁 시간을 보냈다.

며칠 후 빙리 씨가 베넷 씨 집을 답방해 서재에 10분 정도 머물다 갔다. 그는 베넷 집안 딸들의 미모에 관한 소문을 익히 듣고 있었기에 내심 그녀들을 보고 싶었다. 하지만 예의상 아버지만 만나서 간단히 인사를 나눈 후 네더필드로 돌아갔다. 베넷 부인은 안면을 튼 이상 그를 저녁 식사에 초대할 계획을 세우고 초대장을 보냈다. 그런데 빙리 씨가 다음 날 런던에 갈 일이 있어 초대에 응할 수 없다는 답장이 왔다.

이곳에 도착하자마자 런던엔 왜 돌아간 거지? 그가 여기 정착하지 않으면 어쩌나? 베넷 부인은 걱정이 이만저만이 아니었다. 그런데 이웃인 루커스 부인이 그가 무도회에 참석할 사람들을 데리러 간 것 같다고 말해주어 그녀의 걱정은 진정되었다. 곧이어 빙리 씨가 열두 명의 숙녀와 일곱 명의 신사를 무도회에 데려올 거라는 소문이 돌았다. 하지만 무도회 전날 빙리씨가 데려온 사람은 모두 네 명이었다. 누이동생 부부와 미혼인 누이동생, 그리고 또 한 명의 젊은 남자였다.

드디어 무도회 날이 되었다. 빙리 씨는 잘생긴 신사였다. 성격도 쾌활했으며 태도도 자연스러웠다. 그의 누이들도 세련된 여성들이었으며 매부 허스트 씨도 점잖은 신사였다. 그런데 그의 친구 다시(Darcy) 씨는 단연 연회장에 모인 사람들의 눈길을 끌었다. 훤칠하게 키도 크고 아주 잘생겼으며 품위가 있었다. 그가 들어선 지 5분도 안 되어 연 수입이 1만 파운드나 된다는 이야기가 사람들 사이에 떠돌았다. 남자들은 체격이 정말 좋다고 말했고 여자들은 빙리 씨보다 훨씬 미남이라고 단언했다.

하지만 무도회가 반쯤 지났을 무렵 인기 판도가 뒤집혔다. 그는 거만하고 잘난 체가 심해서 도무지 비위를 맞추기 어려운 사람이었다. 그러자 그의 얼굴까지도 불쾌하게 생겼다고들 말했다. 그에 반해 빙리 씨는 쾌활했고 붙임성이 있었다. 그는 춤이란 춤은 다 추었다. 친구면서 어쩜 그렇게 성격이 대조적일 수 있는 것인지! 다시 씨는 허스트 부인과 빙리 양과 한 번 씩 춤을 춘 후에는 아무와도 춤을 추지 않았다.

두말할 필요도 없었다. 그는 정말 오만한 사람이었고 기분 나쁜 사람이었다. 모두 *그*가 다시는 나타나지 않기를 원했는데 베넷 부인도 그중 한 명이었다. 더욱이 자신의 딸 한 명이 그에게 무시를 당하는 일이 벌어지자 그녀는 더더욱 분개했다.

그녀의 둘째딸 엘리자베스는 춤곡이 두 번 바뀌는 동안 가만히 앉아 있었다. 신사의 수가 적었기 때문이다. 그런데 다시 씨가 그녀 곁에 있었기에 그녀는 그와 빙리 씨가 나누는 이야기를 들을 수 있었다. 빙리 씨는 다시 씨에게 춤추기를 권했으나 그는 함께 출 만한 여자가 없다고 거절했다. 그러자 빙리 씨가 말했다.

"왜 이래? 아주 예쁜 여자들도 많은데."

"여기서 유일하게 예쁜 여자는 자네와 춤추고 있지 않은가?" 그는 베넷 집안의 맏딸을 바라보며 말했다.

"그래, 정말 아름다운 여성이야. 하지만 자네 바로 뒤에 앉아 있는 그녀 여동생도 무척 예쁘잖은가? 그녀보고 자네에게 소개해주라고 하지."

다시 씨는 고개를 돌려 잠시 엘리자베스를 바라보더니 빙리 씨에게 말했다.

"그런대로 괜찮긴 한 것 같군. 하지만 내 마음을 끌 정도는 아냐. 게다가 다른 남자들에게 인기 없는 아가씨를 달래줄 기분도 아니고."

말을 마친 다시 씨는 다른 곳으로 가버렸다. 엘리자베스는 다시 씨에 대해 좋지 않은 인상을 가질 수밖에 없었다. 하지만 그녀는 쾌활한 처녀였다. 그녀는 재미있는 일이라도 되는 듯 그 이야기를 친구들에게 했고 어머니 귀에까지 들어간 것이다.

그러나 베넷 부인의 기분은 곧 풀렸다. 맏딸 제인이 빙리 씨와 두 번이나 춤을 춘데다 네더필드 사람들이 맏딸을 칭찬하는 소리를 들었기 때문이다. 얌전한 제인은 아무 말도 없었지만 어머니는 흡족한 기분이었다. 사람들이 셋째 딸 메리를 이 동네에서 가장 교양이 많은 여자라고 빙리 양에게 소개하자 베넷 부인의 기분은 더 좋아졌다. 게다가 캐서린과 열여섯 살 먹은 막내 리디아도 무도회 내내 파트너가 있었다. 일가족은 기분이 좋아져서 롱본의 집으로 돌아왔다.

엘리자베스와 함께 있게 된 제인은 빙리 씨가 너무 마음에 든다고 털어놓았다. 둘 사이에는 비밀이 없이 속을 털어놓는 사이였다. 제인이 동생에게 말했다.

"너무 성격이 좋고 활달해. 그렇게 쾌활한 사람은 처음 봐. 행동도 자연스럽고 얼마나 예의 바르던지!"

"게다가 얼굴도 잘생겼잖아. 젊은 남자들 모범이 될 만해. 정말 완벽해. 하지만 언니도 못지않아. 다른 여자들보다 훨씬 예쁘잖아. 그 사람 좋아하는 거 허락할게." 엘리자베스가 맞장구를 쳐주었다.

자매의 화젯거리가 되고 있는 빙리 씨는 부친에게서 거의 10만 파운드나 되는 재산을 물려받았다. 그는 다시와 성격이 판이하게 달랐다. 빙리가 성실하고 상냥했다면 다시는 겉보기에도 거만하고 차가웠다. 다시는 머리가 좋은 사람처럼 보였다. 매너는 나무랄 데 없는 것 같았지만 사람들의 호감을 끌지는 못했다. 빙리는 어디에서나 사람들에게 좋은 소리를 들었지만 다시는 번번이 사람들을 불쾌하게 만들었다.

무도회에서 두 사람의 태도도 그렇게 완전히 달랐다. 빙리는 평생 이보다 더 예쁘고 마음에 드는 여성들을 만나본 적이 없었다. 그는 연회장의 모든 사람들과 금방 친해진 기분이었다. 그는 베넷 양이 정말 천사 같다고 생각했다. 그와는 반대로 다시는 그곳에서 아름다운 사람도 세련된 사람도 발견할 수 없었

다. 그는 그 누구에게도 관심을 두지 않았으며 그에게 관심을
보이는 여자도 없었다. 그는 제인이 예쁘다는 것은 인정했지만
웃음이 헤프다고 생각했다. 하지만 빙리의 여동생들은 제인이
사랑스러운 여성이라고 오빠에게 말했다. 그는 동생들에게 그
녀와 사귀어도 좋다는 허락을 받은 느낌이었다.

제2장

롱본에서 얼마 떨어지지 않은 거리에 베넷 집안사람들과 가깝게 지내는 가족이 살고 있었다. 윌리엄 루커스 경의 가족이었다. 그는 메리턴에서 장사를 하여 상당한 재산을 모은 사람이었고 시장으로 재직했던 경험도 있었고 왕으로부터 기사 작위도 받았다. 그런데 어느 날 그냥 조용히 살고 싶다며 사업이고 집이고 다 팽개치고 메리턴을 떠나 이곳으로 이사 온 것이었다. 그는 타고나길 악의가 없었으며 다정하고 친절한 사람이었다.

베넷 부인에게 루커스 부인은 소중한 이웃이었다. 무엇보다 그녀가 그다지 똑똑한 편이 아니었기 때문이다. 그들 부부에게는 자식이 여럿 있었다. 그중 스물일곱 살 된 맏딸 샬럿은 분별

있고 지적인 여자로서 엘리자베스와 친한 사이였다.

무도회 다음 날 아침이었다. 루커스 집안 딸들이 롱본으로 나들이를 왔다. 무도회에 대해 이야기를 나누기 위해서였다. 베넷 부인이 샬럿에게 말했다.

"샬럿, 너 어젯밤 처음부터 아주 신나 있더라. 빙리 씨가 네게 제일 먼저 춤을 청했잖니."

"하지만 다음번 상대를 더 좋아하던데요."

"아, 제인 얘기니? 하긴 그가 제인하고는 두 번 춤을 추긴 했지."

"제가 빙리 씨가 누군가에게 하는 이야기를 우연히 들었어요. 베넷 씨 댁 큰따님이 제일 예쁘다고 서슴없이 말하던데요. 그런데 일라이자, 다시 씨가 너를 두고 '그런대로 괜찮긴 하다'고 말했다며? 너 기분 안 좋았겠다."

그러자 베넷 부인이 말했다.

"샬럿, 그 이야기는 그만 했으면 좋겠구나. 그런 기분 나쁜 인간에게 호감을 주는 건 오히려 운이 나쁜 거야. 어제 그 사람 곁에 롱 부인이 있었는데, 글쎄 30분 동안 한마디 말도 않더래. 정말 오만한 사람 아니냐?"

"그 사람 오만한 건 그렇게 기분이 나쁘지 않아요. 그럴 만한 이유가 있잖아요. 집안 좋겠다, 재산 많겠다, 모든 걸 갖추었잖아요. 말이 될지 모르겠지만 그에게는 오만할 만한 자격이 있어요." 샬럿 루커스 양의 말이었다.

"그럴지도 모르지. 내 자존심을 상하게만 하지 않았다면 그럴 수도 있다고 생각했을 거야." 엘리자베스가 대답했다.

그러자 언제나 사색적인 태도를 보이는 메리가 말했다.

"내가 책을 읽어서 안 바에 따르면 오만은 인간 본성의 하나야. 오만은 허영심과 달라. 오만은 스스로 자신에 대해 내린 판단과 관련이 있어. 허영심이 없는 사람도 오만할 수 있거든. 반대로 허영심은 다른 사람이 자기를 이런 식으로 봐주었으면 하는 마음에서 생기는 거야."

그날 그들은 다시 씨에 대해 이런저런 이야기를 계속 나누었다. 그가 오만한 건 사실이었지만 숙녀들의 관심의 대상이 된 것도 분명했다.

얼마 후 롱본의 숙녀들이 네더필드의 빙리 씨 집을 방문했다. 이어서 정식 답방도 이루어졌고 여러 번 파티에서도 마주치게 되었다. 빙리가 제인에게 호감을 갖고 있는 것은 너무 확실했다. 제인도 빙리에게 호감을 갖고 있는 게 분명했지만 신중한 성격이라 겉으로 쉽게 드러내지는 않았다. 엘리자베스는 빙리도 언니가 자기를 좋아하는 걸 알아차리게 될 거라고 생각했다. 그녀는 둘 사이가 잘되기를 빌었다.

엘리자베스는 빙리와 언니의 관계에 신경을 쓰느라 정작 자신을 향한 빙리의 친구 다시 씨의 눈길은 전혀 눈치채지 못했다. 처음 그녀를 보았을 때 다시 씨는 그녀가 예쁘다는 생각은 전혀 하지 않았다. 무도회에서도 그녀를 칭찬하고픈 마음은 없었으며 그녀를 다시 만나게 되었을 때도 그녀를 바라보며 뭔가 흠집만 잡으려고 했다.

그런데 그녀가 예쁜 데라곤 전혀 없다고 확신하자마자 그녀의 검은 눈동자가 눈길을 끌었다. 그는 그녀의 눈이 아름다우며 지적이라고 생각했다. 게다가 그녀가 발랄한 여자이고 매력도 있다는 것을 어쩔 수 없이 마음속으로 인정하게 되었으니 어찌 보면 완전히 체면을 구기게 된 셈이기도 했다. 그는 그녀의 몸가짐은 절대로 상류사회와 어울리지 않는다고 속으로 다짐했다. 하지만 꾸밈없이 발랄한 그녀의 태도에 자신도 모르게 이끌렸다. 그러나 그녀는 그 사실을 전혀 모르고 있었다. 그녀에게 그는 누구에게나 불쾌감을 주는 남자, 자신에게는 춤도 청하지 않을 만큼 관심도 주지 않는 남자일 뿐이었다.

다시 씨는 그녀에 대한 궁금증이 일었다. 그녀와 직접 대화를 나누면서 파악할 수도 있었지만 우선은 그녀가 남들과 나누는 대화에 귀를 기울였다. 윌리엄 루커스 경의 저택에서 큰 파티가 열렸을 때다. 엘리자베스는 자기가 남과 나누는 대화를 그가 엿듣는 것을 눈치채고 샬럿에게 말했다.

"다시 씨가 왜 나랑 포스터 대령이 이야기 나누는 걸 엿듣는 거지?"

"그거야 다시 씨만이 알겠지."

"한 번만 더 그러면 당신이 무슨 짓을 하고 있는지 다 안다고 말해줄 거야. 워낙 빈정대는 눈길을 하고 있는 사람이라서 세게 나가야 돼."

그때 윌리엄 경과 다시 씨가 이쪽으로 다가오는 게 보였다. 윌리엄 경은 좀체 춤을 추지 않는 다시 씨에게 춤출 것을 권하고 있었다. 윌리엄 경이 엘리자베스에게 말했다.

"일라이자 양, 왜 춤을 안 추는 거지요?" 그러더니 이번에는 다시 씨를 향해 말했다. "다시 씨, 내가 당신에게 어울릴 파트너로 이 젊은 숙녀를 소개해도 되겠지요? 이런 미인을 앞에 두고 춤을 거절할 수는 없겠지요."

그는 그녀의 손을 잡아 다시 씨에게 건네려고 했다. 다시 씨는 놀라면서도 그녀의 손을 잡으려 했다. 순간 그녀가 뒤로 물러나며 다소 곤혹스러운 어조로 윌리엄 경에게 말했다.

"루커스 경, 저는 정말 춤추고 싶은 생각이 없어요. 춤출 상대를 찾고 있던 것도 아니에요."

다시 씨는 손잡을 수 있는 영광을 베풀어달라고 정중히 예를 갖추어 간청했다. 하지만 엘리자베스는 요지부동이었다. 윌리엄 경이 설득하려고 애썼지만 그녀의 생각을 바꾸지는 못했다. 윌리엄 경이 그녀에게 간청했다.

"일라이자 양, 정말 춤을 잘 추잖아요. 그걸 구경할 행운을 이렇게 물리쳐버리다니, 좀 너무하네요. 이 신사분이 그렇게 권하는데 좀 받아들여요. 우리를 좀 즐겁게 해줘요."

하지만 엘리자베스는 짓궂게 그를, 다시를 바라보다가 돌아섰다. 그런데 그녀가 춤을 매몰차게 거절하자 다시에게는 그녀가 더 매혹적으로 보였다. 그가 그런 생각에 잠겨 말없이 있을 때였다. 빙리 양이 다가와 말을 걸었다.

"무슨 생각하시는지 제가 알아맞혀볼까요? 이런 지루한 모임이 도대체 언제 끝나나 생각하고 계셨지요? 저도 그렇거든요."

"아닙니다. 완전히 틀렸어요. 내 마음은 지금 즐거워요. 아름다운 여성의 빛나는 두 눈이 저를 즐겁게 해주었거든요."

빙리 양은 다시 씨에게 그 여성이 누구인지 말해달라고 졸랐다. 다시 씨는 대담하게 그 이름을 입 밖에 냈다.

"엘리자베스 베넷 양입니다."

"엘리자베스 베넷 양이라고요!" 빙리 양이 놀라 되물었다.

"정말 놀라워요. 그녀를 마음에 둔 지 얼마나 되었지요? 언제쯤 축하드릴 일이 생기는 거지요?"

"그렇게 물을 줄 알았어요. 참으로 숙녀들의 상상력이란! 칭찬이 곧바로 사랑으로 이어지고, 그대로 결혼까지 건너뛰어버리네요."

"암튼 진심이라면 정말 축하드려요. 정말이지 멋진 장모를 얻게 될 테니!"

그녀는 빈정거리는 투로 말했다. 하지만 그는 그녀의 말이 전혀 귀에 들어오지 않았다.

베넷 씨의 연 수입은 고작 2,000파운드 정도였다. 유일한 재산인 토지 딸린 저택에서 나오는 수입이었다. 하지만 그마저도 딸들에게는 상속할 수 없었다. 상속법에 의해 딸들은 상속을 받지 못했다. 아무리 먼 친척이라도 남자에게 그 집이 넘어가게 되어 있었다. 딸들의 어머니 재산은 그녀 한 몸이 한평생 쓰기에는 충분했지만 부족한 남편 수입을 채우기에는 부족했다.

그녀의 부친은 메리턴에서 변호사를 지냈으며 5,000파운드를 그녀 몫으로 남겨주었다.

그녀에게는 여동생과 남동생이 각각 한 명씩 있었다. 여동생은 부친의 서기로 일하다 변호사 일을 물려받은 필립스 씨에게 시집을 갔다. 롱본 마을은 메리턴에서 1.6킬로미터밖에 떨어져 있지 않아서 베넷 집안 딸들은 1주일에 서너 번씩 메리턴의 이모 집을 찾아가곤 했다. 이모를 만나서 새로운 소식을 듣는 게 재미였다.

요즘에는 최근 메리턴 근교에 주둔하게 된 시민군 부대가 화제였다. 그 부대는 겨우내 그곳에 머물 예정이었다. 자매들은 필립스 부인을 방문할 때마다 새로운 정보를 얻을 수가 있었다. 장교들의 이름과 신상에 대해 알게 되었으며 장교들을 만날 수 있게 되었다. 필립스 씨가 조카들을 위하여 그들을 방문하고 다리를 놓은 것이었다. 베넷 씨의 딸들 중 어린 캐서린과 리디아의 눈에는 장교들의 군복이 빙리 씨의 재산보다 값지게 보였다.

어린 딸들의 철부지 행동을 가만히 보고 있던 베넷 씨가 어느 날 가족들이 모인 가운데 그녀들에게 말했다.

"너희 가만 보고 있자니 정말 바보 같은 애들이로구나."

캐서린은 당황해서 아무 말도 없었지만 막내 리디아는 전혀 개의치 않았다. 그녀는 한 번 만난 카터 대위를 칭찬하며 내일이면 그가 런던으로 가니 오늘 안으로 만나고 싶다고 말했다.

베넷 부인이 옆에서 딸들 편을 들었다.

"여보, 자기 자식을 바보 같다니요. 애들이니까 그렇잖아요. 쟤들도 내 나이쯤 되면 군복 생각은 하지 않게 될 거예요. 나도 한때는 장교들 군복에 얼마나 마음이 설레었다고요."

그때였다. 하인이 제인 베넷 양 앞으로 온 편지를 하나 가져왔다. 네더필드에서 온 것이었다. 제인이 편지를 읽는 동안 조바심이 난 베넷 부인이 물었다.

"제인, 그 사람한테서 온 거지? 뭐라고 썼어?"

"빙리 양이 보낸 거예요. 자매가 저를 오늘 저녁 식사에 초대했어요. 빙리 씨와 친구들이 장교들과 함께 식사하기로 했대요."

베넷 부인은 정말 잘되었다며 마차를 타고 가겠다는 딸에게 말을 타고 가라고 했다. 비가 올 것 같았기에 밤새 딸을 그 집에 머물게 하려는 속셈에서였다. 제인은 말을 타고 출발했고 어머니는 제발 비라도 오라고 빌며 딸을 바깥문까지 배웅했다. 결국 그녀의 희망대로 되었다. 제인이 떠난 지 얼마 안 되어 비가 심하게 쏟아진 것이다. 그러자 동생들은 언니가 돌아오지 못할까봐 걱정했다. 하지만 어머니는 기뻐했다. 비가 밤새 내렸다. 이제 제인이 이 밤중에 돌아온다는 것은 불가능해졌다.

"내 아이디어가 정말 기막혔지." 베넷 부인은 마치 자신의 계략으로 비를 내린 것처럼 몇 번이고 자랑했다. 하지만 그 계략이 정말로 얼마나 훌륭한 것이지는 다음 날 날이 밝아서야 밝혀졌다. 아침 식사가 끝나기도 전에 네더필드의 하인 한 명이 제인의 편지를 가져온 것이다. 제인은 엘리자베스에게 보낸 편지에 이렇게 적었다.

사랑하는 리지야.

아침에 일어나니 몸이 너무 안 좋아. 아무래도 어제 비를 너무 맞은 것 같아. 이곳 친절한 친구들은 내가 나을 때까지는 집에 돌아갈 생각도 말래. 그러고는 의사 존스 씨를 불렀어. 의사가 진찰하러 올 거라고 해서 너무 놀라지 마. 목과 머리가 좀 아플 뿐이야. 그 외에는 다 괜찮아.

제인 씀

엘리자베스가 편지를 소리 내어 읽자 베넷 씨가 아내에게 말했다.

"당신 딸이 병에 걸려 죽어도 위로는 되겠구먼. 당신이 시킨 대로 빙리 씨를 붙잡으려다 그리된 거니 말이야."

"그런 소리 말아요. 죽기는 누가 죽는다고. 그깟 감기 좀 걸렸다고 사람이 죽나? 마차만 쓸 수 있으면 내가 가볼 거예요."

엘리자베스는 너무 걱정이 되었다. 그녀는 제인에게 가보기로 결심했다. 마침 마차도 없었고 말을 탈 줄도 몰랐기에 걸어갈 수밖에 없었다. 그녀가 어머니에게 자기 생각을 말하자 베넷 부인이 말했다.

"무슨 그런 바보 같은 소리를 하고 있니? 길이 흙투성이인데, 도대체 무슨 꼴로 사람들 앞에 나서려고."

"언니만 만나고 올 건데요. 겨우 5킬로미터니까 걸어갔다 올수 있어요. 식사 시간 전까지는 돌아올게요."

동생 둘이 메리턴까지 함께 가주겠다며 함께 길을 나섰다. 메리턴에 도착하자 캐서린과 리디아는 어느 장교 부인의 숙소로 갔고 엘리자베스는 혼자 네더필드로 갔다. 들판을 가로지르고 울타리를 뛰어넘었으며 웅덩이도 건너뛰었다. 이윽고 그 집이 보이기 시작했을 때는 발목이 아팠으며 양말은 더러워지고 얼굴은 열이 나 달아올랐다. 엘리자베스는 곧바로 조찬실로 안내되었다. 제인을 빼놓고 모두 모여 있었는데 그녀가 나타나자

매우 놀랐다. 이처럼 이른 시각에 궂은 날씨에도 불구하고 혼자 5킬로미터를 걸어왔다니! 도저히 믿을 수 없었다.

빙리 씨와 자매들은 그녀를 매우 정중하게 맞이했다. 다시 씨는 거의 말이 없었고 허스트 씨는 아예 입을 다물고 있었다. 다시 씨는 땀 흘린 후 밝게 빛나는 그녀의 피부에 감탄하는 한편, 지금 상황이 그녀가 저렇게 급히 혼자 올 만한 상황인가 의아해했다.

엘리자베스는 언니의 상태를 물었고 빙리 양이 그녀를 곧바로 언니에게 안내했다. 제인은 엘리자베스가 들어오는 것을 보고 너무 반가워했다. 빙리 양이 나가자 엘리자베스가 제인을 간호했다.

아침 식사를 마쳤을 때 의사가 왔다. 예상대로 감기였지만 상태가 심하니 조심해야 한다고 말했다. 의사는 그녀를 침대에 누워 있으라고 말하고는 약을 지은 후 다시 오겠다고 말했다. 제인은 의사의 지시를 따를 수밖에 없었다. 남자들은 모두 외출하고 집에는 여자들뿐이었다.

오후가 되자 엘리자베스는 돌아가겠다고 빙리 양에게 말했다. 빙리 양이 마차를 내주려다가 제인이 엘리자베스와 헤어지는 걸 너무 걱정스러워하는 것을 눈치챘다. 그녀는 엘리자베스에게 네더필드에 당분간 머무르면 어떻겠느냐고 물었다. 엘리자베스는 고맙다며 그 제안을 받아들였다. 그녀는 하인을 롱본으로 보내, 자신이 이곳에 머문다는 사실을 알리고 옷을 몇 벌 가져오게 했다.

엘리자베스는 제인과 둘이 방에 있었다. 저녁 6시 반이 되자 엘리자베스에게 식사하러 내려오라는 전갈이 왔다. 식당으로 가자 모두들 제인의 상태가 어떠냐고 궁금해했지만 그중에서도 빙리 씨의 걱정이 가장 컸다. 제인이 조금도 나아지지 않았다는 말을 듣고 빙리 자매들은 '너무 마음이 아프다.'는 등 서너 번 입에 발린 말을 하더니 그 문제는 깨끗이 잊어 버렸다. 엘리자베스는 그녀들을 향하여 잠시 생겼던 호감이 싹 달아났다.

사실 그들 중에서 그녀가 호감을 가질 수 있는 사람은 빙리 씨뿐이었다. 그는 제인을 진정으로 걱정하고 있었고 엘리자베스에게도 호의적이었다. 빙리 양은 다시 씨에게 열중해 있었고 그 언니인 허스트 부인도 엘리자베스에게 관심이 없기는 마찬가지였다. 오로지 빙리 씨만이 그녀에게 관심을 두었을 뿐이었다.

식사를 마치고 그녀가 제인에게 돌아가자 빙리 양은 그녀를 헐뜯기 시작했다. 빙리 양은 엘리자베스가 언행도 형편없으며 스타일도 없다, 취향도 저속하고 예쁘지도 않다고 잘라 말했다. 허스트 부인이 동생 말에 동조했다.

"그래, 도대체 여기 왔다는 것 자체가 말이 안 돼. 언니가 감기 좀 걸렸다고 온 동네 뛰어다닐 게 뭐니? 게다가 온통 진흙투성이 옷 꼴이 그게 뭐니?"

"언니를 사랑해서 그런 걸 왜 그러니? 나는 보기 좋던데……"라고 빙리 씨가 엘리자베스를 옹호했다. 그러자 이번에는 빙리 양이 다시 씨를 보고 말했다.

"다시 씨, 설마 저런 모습을 보고도 리자 양의 두 눈이 아름답다고 여전히 예찬하시지는 않겠지요?"

"땀을 흘린 뒤라 그런지 더 반짝이던데요?"라고 다시 씨가 말했다.

그러자 허스트 부인이 이번에는 제인에 대한 이야기를 꺼냈다.

"난 제인 베넷은 좋아해요. 상냥한 여자니까요. 좋은 남자와 결혼하면 좋겠어. 하지만 부모와 친척들을 보면 결혼을 잘 하기 어려울 것 같아요."

"맞아요. 이모부가 메리턴에서 법률 사무소를 한다는 것 같아요. 게다가 천한 사람들만 사는 칩사이드 근처 어딘가에 사는 외삼촌도 있다던데요." 빙리 양이 맞장구쳤다.

"친척들 신분이 낮다고 제인 양이 추해지는 건 아니잖아?" 빙리 씨가 언성을 높여 말했다.

"하지만 신분이 높은 사람과 맺어질 가능성은 낮아진다고 봐야지"라고 다시 씨가 답했다.

빙리 씨의 누이들이 일제히 다시 씨의 말에 동의를 표하자 빙리 씨는 입을 다물었다. 그러자 그의 누이들은 제인 양의 천한 친척들을 제물 삼아 입을 놀려댔다.

그날 엘리자베스는 빙리 씨 집에서 종일 언니를 간호하며 지냈다. 늦은 저녁, 제인이 잠들자 그녀는 아래층으로 내려갔다. 응접실에서 사람들이 카드 게임을 하고 있었지만 그녀는 언니 핑계를 대며 책이나 읽고 있겠다고 했다. 그들이 카드를 하는 동안 그녀는 책을 읽고 있었지만 그들이 끊임없이 떠들어대는 통에 집중할 수가 없었다. 그녀는 책을 내려놓고 카드 게임이 벌어지고 있는 탁자로 다가갔다. 그리고 빙리 씨와 허스트 부인 사이에 앉아 카드 게임을 지켜보았다.

그들은 이런저런 이야기 끝에 여성이 갖추어야 할 교양이 어떤 것인지 의견을 나누고 있었다. 빙리 씨가 말했다.

"젊은 숙녀들이 언제 그렇게 다 교양을 갖출 수 있는지 놀라위. 그림도 그리고 병풍에 수도 놓고, 지갑도 만들고……. 웬만한 숙녀들은 대개 다 그런 교양을 갖추고 있다는 게 신기해."

그러자 다시 씨가 그 말을 받았다.

"자네가 말한 게 여자들 교양이라면 교양 있는 여성이 많지. 하지만 나는 자네와 생각이 달라. 나는 진짜 교양을 갖춘 여자는 대여섯 명도 못 보았어."

엘리자베스가 이야기에 끼어들었다.

"당신 말대로라면 웬만한 것만 갖추어서는 진짜로 교양 있는 여성이 될 수 없겠군요."

"그렇습니다. 갖출 만한 걸 갖춰야 교양 있는 여성이라고 할 수 있겠지요."

그러자 빙리 양이 마치 그의 조수라도 된 듯 도중에 끼어들어 설명했다.

"맞아요. 정말 교양을 갖추려면 음악, 노래, 그림, 춤도 잘해야 하고, 외국어도 완벽하게 할 줄 알아야 해요. 거기다 몸가짐이나 걸음걸이, 목소리, 말하는 태도에도 뭔가 남다른 데가 있어야지요."

그러자 다시 씨가 덧붙였다.

"거기다 폭넓은 독서를 통해 정신을 계발하고 내면적으로 성숙해야 하지요."

그러자 엘리지베스가 말했다.

"진짜로 교양 있는 여성을 그 정도밖에 못 봤다고 하시는 게 딩연하네요. 그런 사람을 딱 한 번 보셨다 해도 저는 놀랐을 거예요."

그러자 다시 씨가 말했다.

"그런 걸 모두 갖춘 여성이 있을 리 없다는 말씀인가요? 여성에 대한 평가가 너무 가혹하시군요."

"저는 그런 여성을 본 적이 없거든요. 그렇게 능력 있고 취향도 고상한데다 우아하기까지 한 여자를 난 본 적이 없어요."

그러자 허스트 부인과 빙리 양은 그런 여자들을 수도 없이 보았다며 엘리자베스의 말을 반박했다. 허스트 씨가 잔소리 그만하고 게임이나 하자고 불평하는 바람에 대화는 중단되었고 엘리자베스는 응접실을 떠났다.

언니가 있는 방으로 올라오니 제인의 병세가 심상치 않았다. 그녀는 다시 아래층으로 내려와 언니 병세가 나빠져 혼자 둘 수 없다고 말했다. 빙리 씨는 제인의 병세가 좋아지지 않으면 다음 날 아침 일찍 존스 씨를 불러오자고 말했다.

그날 밤 엘리자베스는 언니 곁에서 거의 뜬눈으로 지새웠다. 제인의 병세는 조금 호전되었다. 그래도 그녀는 어머니가 직접 와서 언니의 병세를 살펴보는 게 좋겠다고 판단했다. 그녀의 부탁을 빙리 씨가 들어주었고 통보를 받은 베넷 부인이 아침 식사가 끝날 무렵 어린 두 딸을 데리고 네더필드에 도착했다.

만일 제인의 병이 위중했다면 베넷 부인도 무척 상심했을 것이다. 하지만 제인이 그다지 심하게 아프지 않다는 것을 알고는 오히려 그녀가 빨리 회복될까봐 걱정이었다. 건강을 회복하면 네더필드을 떠나야 하기 때문이었다. 다행히 의사가 와서 보더니 집으로 돌아가는 것을 권하고 싶지 않다고 말했다. 어머니는 잠시 제인 곁에 있다가 세 딸과 함께 조찬실로 내려갔다.

의자에 앉은 부인이 말했다.

"정말이지 생각보다 병이 심하네요. 집으로 데려가기 어렵겠어요. 존스 씨도 그렇게 말씀하셨고요. 이 댁에 조금 더 폐를 끼쳐도 좋을지……."

"데려가시다니요. 그런 생각 마십시오. 제 누이들도 제 생각과 같을 겁니다"라고 빙리 씨가 말했다.

"그럼요, 부인. 걱정 마세요. 따님은 저희가 잘 보살펴드릴게요." 빙리 양이 조금은 쌀쌀맞으면서도 정중한 어조로 말했다.

"너무 감사드려요. 제인이 참을성이 많아서 저 정도지, 정말 많이 아프네요. 제인은 정말 세상에서 제일 상냥한 아이에요. 다른 딸아이들에게 너희는 언니에 비하면 아무것도 아니라고 제가 자주 말하곤 한답니다. 그나저나 빙리 씨 집이 아주 좋네요. 전망도 좋고. 이 부근에 이곳만한 데는 없어요. 빙리 씨 여길 금방 떠나실 생각은 아니시겠지요?"

"저는 매사를 급히 처리하는 사람입니다. 만약 네더필드를 떠나겠다는 생각이 들면 5분도 되지 않아 실행에 옮길 겁니다. 하지만 지금은 거의 정착한 것과 다름없습니다."

그때 엘리자베스가 대화에 끼어들었다.

"제가 짐작했던 성격 그대로시네요."

"아니, 어떻게 제 성격을……. 이거 너무 쉽게 성격을 들키다니 좀 민망하네요."

"속을 알 수 없는 사람보다는 낫지요. 하지만 복잡한 성격을 가진 사람도 장점이 있긴 있어요. 그런 사람들은 최소한 자세히 들여다보는 재미가 있어요."

그러자 입을 다물고 있던 다시 씨가 말했다.

"시골에는 그렇게 열심히 연구할 만한 성격을 지닌 사람이 별로 없을 텐데요."

그러자 이번에는 베넷 부인이 나섰다. 그녀는 시골 생활을 비웃는 듯한 다시 씨의 이야기에 화가 났다.

"시골에서도 런던만큼 여러 가지 일이 일어난답니다. 여기서도 많은 사람들을 만날 수 있고요. 우리가 함께 식사하는 이웃만해도 스물네 집이나 된답니다."

엘리자베스가 얼굴이 빨개지며 어머니에게 말했다.

"어머니, 어머니는 다시 씨의 말을 오해하신 거예요. 여기선 런던에서처럼 다양한 사람들을 만나볼 수 없는 건 사실이잖아요."

엘리자베스는 어머니 생각을 다른 데로 돌리기 위해 애썼다. 베넷 부인은 리지까지 와서 폐를 끼치게 해서 미안하다고 말한 다음 마차를 불러오게 했다. 그러자 막내딸 리디아가 빙리 씨에게 당돌하게 말했다.

"네더필드에서 무도회 열겠다고 약속하시지 않았나요? 신사분이시라 약속을 지키시리라 생각했는데요."

"물론 지켜야지요. 언니가 회복되면 아가씨가 직접 무도회날을 잡아도 좋아요."

"네, 언니가 회복될 때까지 기다리겠어요. 그때쯤이면 카터 대위도 메리턴에 돌아와 있을 테니까요."

무도회를 열겠다는 빙리 씨의 약속에 어머니와 두 딸은 아주 기분 좋게 마차에 올랐다. 엘리자베스는 그들과 작별한 후 홀로 제인 곁으로 돌아왔다. 자기들끼리 있게 되자 빙리 씨의 두 자매는 그들 가족에 대해 험담을 늘어놓기 시작했다. 특히 엘리자베스에 대해 흉을 보았다. 하지만 다시 씨는 그들의 말에 끼어들지 않았다. 특히 엘리자베스를 험담하는 말에는 묘한 표정을 입가에 담았을 뿐이었다.

그날도 그 전날과 다름없이 흘러갔다. 제인의 병세는 많이 호전되어 있었다. 저녁이 되자 엘리자베스는 거실에서 빙리 자매와 함께 있었다. 다시 씨는 편지를 쓰고 있었고 빙리 양은 그 옆에서 이러쿵저러쿵 말을 걸며 다시 씨의 집중력을 흩어놓고 있었다. 다시 씨는 누이동생에게 편지를 쓰고 있었다. 허스트 씨와 빙리 씨는 카드를 하고 있었다.

엘리자베스는 뜨개질감을 집어 들고 여유로운 마음으로 그들을 바라보고 있었다.

빙리 양이 다시 씨에게 말했다.

"편지를 굉장히 빨리 쓰시네요."

"아뇨, 저는 아주 천천히 쓰는 편입니다."

"다시 양에게 제 안부를 전해주세요. 그런데 참 길게 쓰시네요. 그렇게 긴 편지를 편하게 쓰시면서도 글을 잘 못 쓰신다고요?"

그러자 그 말을 듣고 있던 빙리 씨가 말했다.

"캐럴라인, 다시가 언제 잘 못 쓴다고 했니? 천천히 쓴다고 했지. 그는 단어를 아주 신경 써서 고르거든. 그렇지 않은가, 다시?"

"그래, 그래서 자네 문체와 내 문체는 아주 다르지."

"찰스 오빠는 편지를 너무 함부로 써요. 할 말도 빠뜨리기 일쑤이고 잉크도 여기저기 번져 있어서 지저분해요."

"그래, 나는 막 흘러가는 생각을 제대로 표현하지 못해. 그래서 내 뜻을 제대로 전달하지 못하는 경우가 많아. 그게 내 결점이야"라고 빙리 씨가 대답했다. 그들의 대화를 듣고 있던 엘리자베스가 그의 말을 받았다.

"빙리 씨, 당신은 정말 너무 겸손해요."

그러자 다시가 말했다.

"겸손해 보이는 건 뭔가 감추고 있다는 걸 뜻하지요. 겸손해 보인다는 건 성의를 다하지 않는다는 뜻이거나 아니면 간접적으로 자기 자랑을 하는 것이기도 하거든요."

"그렇다며 내 겸손은 어느 쪽이지?"

"간접적인 자기 자랑이지. 자네는 편지 쓸 때의 자기 단점을 자랑하고 있는 거야. 생각은 빠르게 스쳐 가는데 그걸 미처 표현하지 못한다고? 최소한 자기가 독특한 사람이라는 건 드러내고 있잖아. 자기에게 신속한 결단력이 있다는 걸 은근히 자랑하는 거야. 오늘 아침에도 베넷 부인에게 네더필드를 떠나겠다고 결심하면 5분 안에 떠나겠다고 말하지 않았나?"

"아니, 이건 좀 심한데. 난 그저 사실을 말했을 뿐인데. 여성들 앞에서 공연히 뽐내려고 나의 서두르는 성격을 과장한 건 아니야."

"아니 과장한 거야. 자네는 결코 자기 결심을 그렇게 빨리 실행하는 사람이 아니야. 그저 우발적인 행동을 많이 할 뿐이지. 자네가 어디론가 떠나려고 말을 타고 있는데 자네 친구가 '빙리, 그냥 머물러 있는 게 좋겠어'라고 말하면 말에서 바로 내려올 성격이지. 친구가 한마디만 더 하면 아마 한 달이라도 남아 있을걸."

그러자 엘리자베스가 다시에게 말했다.

"다시 씨 말씀을 들으니 당신은 빙리 씨 자신도 모르는 그의 장점을 드러내 보여주시는 것 같네요. 그만큼 남들에 대한 배려가 큰 분이라는 말씀 아닌가요?"

셋은 그 문제를 가지고 왈가왈부했다. 제법 토론이 길어졌다. 엘리자베스도 다시도 자기 의견을 굽히지 않았다. 다시 씨가 토론 중 엘리자베스의 말을 듣고 미소를 지었다. 엘리자베스는 그가 기분 나빠한다는 생각이 들어 자기 얼굴의 미소를 거두어들였다. 빙리 양은 빙리 양대로 다시 편을 들며 오빠를 나무랐다. 빙리와 다시는 입을 다물었고 다시는 편지를 마저 썼다.

편지를 끝내자 다시가 빙리 양과 엘리자베스에게 음악을 들려달라고 했다. 빙리 양이 정중하게 엘리자베스에게 먼저 연주를 부탁했지만 엘리자베스가 양보하자 빙리 양이 먼저 피아노 앞에 앉았다.

허스트 부인은 여동생과 함께 노래를 불렀다. 엘리자베스는 피아노 옆에 서서 음악책을 넘겨주었다. 그사이 엘리자베스는 자주 자신을 향하는 다시 씨의 시선을 느꼈다. 그녀는 그런 대단한 신분의 사람이 자신에게 관심을 쏟고 있다고는 생각할 수 없었다. 혹시 자신이 유별나게 싫어서 그러는 게 아닐까 하는 생각도 들었지만 싫어하는 사람을 자주 본다는 건 더 이상했다. 결론은 명백했다. 싫고 좋고의 문제가 아니라 자신에게 뭔가 잘못된 것, 비난할 만한 것이 있기 때문임이 분명했다. 그렇다고 그렇게 속이 상하지는 않았다. 그에게 조금도 호감이 가지 않았으니 그가 그러건 말건 별 상관이 없었고 그에게 인정받고 싶은 마음도 없었다.

빙리 양은 이탈리아 노래를 몇 곡 연주한 후 활발한 스코틀랜드 곡을 이어서 연주했다. 그때였다. 다시 씨가 엘리자베스에게 다가와 말했다.

"베넷 양, 신나는 스코틀랜드 릴 춤 한번 춰보지 않으시겠어요?"

그녀는 아무 대답 없이 미소만 지었다. 그는 그녀가 말이 없자 약간 놀라며 다시 춤을 청했다. 그러자 그녀가 말했다.

"말씀하시는 건 들었지만 결심이 서지가 않아서요. '네'라고 대답하고 싶었어요. 그러면 제 취향을 비웃으며 좋아하셨겠지요. 죄송하지만 다시 씨 계획을 뒤엎고 싶네요. 저는 릴 춤을 추고 싶지 않아요. 그래도 여전히 저를 비웃으시겠지요? 자, 마음껏 비웃어보세요."

그런데 다시 씨 반응이 예상 밖이었다. 그가 정중하게 엘리자베스에게 말했다.

"제가 어찌 감히 그런 생각을 품겠습니까?"

당연히 그가 불쾌해하리라고 생각했던 엘리자베스는 그가 신사적 태도를 보이자 당황했다. 그녀는 모르고 있었다. 그녀가 아무리 퉁명스러운 모습을 보여도 거기에는 상냥함과 장난기가 섞여 있어 그 누구도 불쾌하게 만들기는 어려웠던 것이다.

다시에게는 그녀의 그 모습이 정말로 매혹적이었다.

제인이 방을 나와 거실로 내려올 정도로 많이 회복되었다. 엘리자베스는 언니를 두꺼운 옷으로 꽁꽁 싸맨 뒤 함께 거실로 내려갔다. 거실에 있던 빙리의 자매들은 그녀를 반갑게 맞이했다. 잠시 후 신사들이 거실로 들어섰다. 그들은 제인에게 몸이 회복된 걸 축하한다고 말했다. 빙리 씨는 제인이 벽난로 옆에 앉도록 배려한 후 그 옆에 앉아 거의 제인하고만 이야기를 나누었다. 엘리자베스는 반대쪽 구석에서 뜨개질을 하며 그 광경을 흐뭇하게 바라보았다.

다시는 책을 읽고 있었고 빙리 양도 책을 읽으며 다시에게 온통 관심을 기울이고 있었다. 그녀는 그의 책을 들여다보며 끊임없이 질문을 했다. 하지만 그는 건성으로 대답을 할 뿐이었다. 그녀는 따분해서 하품이 나왔다. 뭔가 재미있는 거라도 없나 하고 주변을 둘러보다가 오빠가 베넷 양에게 무도회에 관한 이야기를 하고 있는 것을 발견했다. 그녀가 오빠에게 말했다.

"그런데 오빠, 여기서 정말 무도회를 열 생각이세요? 다들 좋아하는지 의견을 들어봐야 하지 않아요? 무도회를 벌 받는 것처럼 생각하는 분도 있을 텐데요."

"다시 씨 이야기를 하고 있구나. 무도회가 따분하면 시작하기 전에 잠자리에 들면 되지. 이제 다 결정된 거야. 곧 초대장을 돌릴 거야."

그녀는 다시의 주목을 끌기 위해 일어서더니 방 안을 거닐기 시작했다. 그녀의 자태는 우아했고 걷는 모습도 멋졌다. 하지만 다시는 책에만 빠져 있었다. 그래도 그녀는 포기하지 않았다. 그녀는 엘리자베스를 향해 말했다.

"일라이자 베넷 양, 나하고 함께 방을 거닐어보지 않겠어요? 같은 자세로 그렇게 오래 앉아 있었으니 기분 전환이 필요할 거예요."

엘리자베스는 이게 웬일인가 싶었지만 그러자며 자리에서 일어났다. 빙리 양의 의도는 적중했다. 다시 씨가 책을 덮으며 그녀를 쳐다본 것이다. 빙리 양은 다시에게도 함께 방을 걷자고 제안했다. 그는 언제나 그렇듯이 그럴듯한 이유를 대며 그 제안을 거절했다.

"두 분이 왜 함께 걸으려고 하는 걸까요? 둘이 은밀하게 나눌 이야기가 있거나 아니면 걸음걸이에 자신이 있어 그 아름다운 모습을 남들에게 보이려는 것 아닌가요? 그 어떤 경우건 저는 거기에 낄 이유가 없지요."

그러자 빙리 양이 소리를 질렀다.

"어머, 그런 끔찍한 말로 거절을 하다니! 당신은 벌을 받아야 해요. 베넷 양, 어떻게 벌을 주어야 하지요?"

"마음만 먹으면 벌주는 건 쉬운 일이잖아요. 당신이 하세요. 당신은 친하니까 얼마든지 놀리고 약 올릴 수 있잖아요."

"아니, 난 못 해요. 친하긴 해도 그 정도는 아니에요. 너무 차분한 성격이라 놀리기도 힘들어요. 그를 놀리려다가는 나만 우스운 꼴이 될 거예요. 그는 오히려 혼자 즐거워할 걸요."

"그래요? 저는 남들 놀리는 걸 무척 좋아하는데……."

그러자 그 말을 듣고 있던 다시 씨가 끼어들었다.

"빙리 양은 저를 과대평가하시는군요. 남들 놀리는 것만을 목표로 하고 사는 사람 앞에서는 제아무리 훌륭한 사람의 훌륭한 행동이라도 우스꽝스러운 꼴이 되어버릴 수 있어요. 제가 그런 것까지 즐길 수 있는 사람이라고요?"

그러자 엘리자베스가 그의 말을 받았다.

"어머, 저는 현명하고 훌륭한 건 비웃지 않아요. 어리석고 말도 안 되는 행동, 변덕들을 놀리며 즐거워하지요. 하지만 당신에게는 그런 게 없네요."

그러자 빙리 양이 말했다.

"그래요, 다시 씨는 정말 결점이 없는 분이에요."

이번에는 다시가 말했다.

"아니, 난 절대로 그렇게 생각 안 합니다. 제겐 결점이 많아요. 특히 성격에 관한 한 장담할 수 없습니다. 나는 잘 굽힐 줄 모르고 사는 사람이에요. 세상 살아가는 데 불편하지요. 게다가 다른 사람들의 사악한 짓, 어리석은 짓 이런 것들을 쉽게 잊어버리지 못해요. 어쩌면 화를 잘 풀지 못하는 성격이라고 볼 수 있겠지요. 내게 한번 잘못 보이면 그걸로 끝인 경우가 많아요."

"그건 정말 큰 결점인데요!" 엘리자베스가 외쳤다.

"한번 화가 나면 달랠 수 없다니! 정말 큰 성격상 결함이에요. 하지만 자신의 결함을 그렇게 정확하게 표현하시니 놀릴 수가 없네요."

"사람들에게는 누구나 아무리 노력해도 고치기 어려운 타고난 결함이 있는 법이지요."

"당신의 결함은 사람들을 싫어하는 경향, 바로 그거고요."

"그리고 당신의 결함은 일부러 사람을 오해하는 것, 바로 그거지요." 다시 씨가 미소를 지으며 대답했다.

"우리 음악이나 듣도록 해요." 자신이 시작한 대화에 끼어들지도 못하게 된 빙리 양이 큰 소리로 외쳤다. 그녀는 피아노 뚜

껑을 열었다. 다시 씨는 자기가 엘리자베스에게 너무 많은 관
심을 보인 것은 아닌지 은근히 걱정이 되었다.

제3장

　다음 날 엘리자베스는 어머니에게 마차를 보내달라는 편지를 썼다. 가능한 한 제인을 빙리 씨 집에 오래 머물게 하고 싶었던 베넷 부인은 화요일 전에는 마차를 보내줄 수 없다는 전갈을 보내왔다. 그러나 엘리자베스는 그곳에 더 머물고 싶지 않았다. 그녀는 제인에게 빙리 씨의 마차를 빌려서 돌아가자고 했다. 빙리 씨가 흔쾌히 수락했고 일요일 아침 예배가 끝난 후 그들은 작별인사를 했다.

　다음 날 아침 모처럼 가족들이 함께 식사를 하는데 베넷 씨가 아내에게 말했다.
　"여보, 오늘 저녁 준비 잘하도록 해요. 누가 집에 찾아 올 것 같거든.”

“누가 오는데요. 올 사람이 없는데요. 샬럿 루커스라도 오는 건가요? 그렇다면 뭐 특별히 준비할 것도 없는데.”

“외지에서 오는 신사라오.”

그러자 베넷 부인의 눈이 반짝거렸다.

“그렇다면 빙리 씨가 오는 거군요. 애, 제인! 앙큼하게 얘길 안 했구나! 이거 어쩌지 생선이 하나도 없으니 빨리 준비해야겠네.”

“빙리가 아니오. 나도 아직 한 번도 본 적 없는 사람이오.”

모두들 궁금해하자 그가 편지를 꺼냈다.

“애들 사촌뻘인 콜린스에게서 온 편지요. 내가 죽은 다음엔 당신과 애들을 집에서 쫓아낼지도 모르는 사람이지.”

남편 입에서 콜린스라는 이름이 나오자 아내가 목소리를 높였다.

“여보, 그 밉살스러운 남자 얘기는 하지도 말아요. 당신 집과 땅을 자식들에게 물려주지 못하고 남한테 주어야 하다니! 세상에 무슨 법이 그래요?”

재산은 남자에게만 상속될 수 있다는 상속법 때문에 베넷 씨의 조카뻘인 콜린스는 베넷 씨 재산의 법정 상속인이었다. 베넷 씨가 아내에게 말했다.

"정말 불공평한 건 사실이야. 하지만 방법이 없어. 그래도 편지 내용을 보면 마음이 좀 누그러질지도 몰라."

"절대 그럴 리 없어요. 당신에게 편지를 썼다는 것 자체가 위선적이에요. 차라리 자기 아버지처럼 당신과 드러내놓고 싸우는 게 낫지."

"암튼 편지 내용을 들어봐요."

베넷 씨는 콜린스의 편지를 읽었다.

선친이 돌아가신 이후 선친과 불화를 겪던 분과 가까이 지내는 게 돌아가신 분에게 도리가 아닌 것 같아 그동안 소원했다는 내용과 함께, 부활절에 성직을 수여받고 캐서린 드 버그 귀부인의 후원으로 자신이 새롭게 교구 목사직을 맡게 되었다는 소식을 전하고 있었다. 그리고 목사로서 모든 가정에 평화의 은총을 전하는 것이 당연한 도리라 생각되어 11월 18일 월요일 4시경에 이곳을 방문하겠으니 너그럽게 받아주어 이곳에서 1주일간 지낼 수 있게 해달라는 내용이었다. 자신이 본의 아니게 롱본 저택의 상속자가 된 것에 대해서 용서도 빌고 피해를 입은 따님들에게도 기꺼이 보상을 하겠다는 내용도 들어 있었다.

"그러니 오늘 4시경이면 이 신사가 화해를 청하러 올 것이라이 말이오." 편지를 접으며 베넷 씨가 말했다.

"어쨌든 보상을 해줄 마음이 있다면 막을 생각 없어요." 베넷 부인의 말이었다. 그러자 제인이 어머니의 말을 받았다.

"어떻게 보상을 해주겠다는 건지는 모르겠지만 그런 마음을 갖는다니 괜찮은 사람 같아요."

엘리자베스는 그가 캐서린 부인에게 과도한 존경심을 표하는 글투가 마음에 걸렸다. 그녀가 말했다.

"제 생각엔 좀 별난 사람 같아요. 좀 납득이 안 가요. 문체도 과장이 심하고요. 자기가 상속자가 된 걸 사과한다고요? 그렇다고 뭐 달라질 것도 없는데……."

콜린스 씨는 정각에 방문했고 가족들은 정중하게 그를 맞이했다. 그는 키가 크고 정중해 보이는 25세의 젊은이였다. 그는 엄숙하고 당당했으며 무척 격식을 차렸다. 그는 자리에 앉자마자 베넷 부인에게 따님들이 정말 훌륭하다고 칭찬을 늘어놓았다. 딸들이 아름답다는 소문을 이미 듣고 있었지만 이 정도일 줄은 몰랐다는 말도 했다. 그리고 틀림없이 모두 결혼을 잘하게 될 거라고 덧붙였다.

그 말을 듣고 부인이 말했다.

"친절하시기도 해라. 우리 애들은 정말 결혼을 잘해야 해요. 안 그러면 곤궁에 빠질 테니까요. 상속을 못 받게 되어 있잖아요."

"부인, 아름다운 따님들이 처한 곤경에 대해서는 저도 잘 알고 있습니다. 그 문제에 대해 드릴 말씀이 많습니다. 하지만 너무 서두르지는 않겠습니다. 서로 좀 더 알게 되면 그때 제가……."

식사하러 오라는 전갈에 그는 말을 멈출 수밖에 없었다. 식사를 하면서도, 콜린스는 내내 집안의 모든 가구들, 음식들에 대한 칭찬을 늘어놓았다.

식사를 하는 동안 베넷 씨는 거의 말이 없었다. 식사가 끝나자 베넷 씨가 콜린스 씨에게 후원자를 참 잘 만난 것 같다는 이야기를 꺼내자 콜린스는 캐서린 부인에 대한 칭찬을 주저리주저리 늘어놓았다. 그런 상류계층 사람 중에 그녀같이 상냥하고 친절한 분은 없다, 자신을 늘 신사로 대해주신다, 자신에게 가능한 한 빨리 결혼하라고 충고도 해주신다고 시시콜콜한 이야기까지 한참을 늘어놓았다.

티타임이 되자 모두들 응접실로 갔다. 차를 마신 후 콜린스는 아름다운 따님들을 위해 좋은 책을 읽어드리겠다며 책을 꺼내 들었다. 포다이스의 『설교집』이었다. 리디아는 하품을 했다. 그녀가 하품을 하며 어머니에게 딴소리를 하자 콜린스가 말했다.

"어린 숙녀들이 진정으로 자신에게 도움이 되는 진지한 내용의 책에 도통 관심이 없다는 건 애석한 일입니다. 어린 숙녀에게 교훈만큼 유익한 것은 없는데요. 하지만 어린 사촌에게는 더 이상 강요하지 않겠습니다."

그는 조용히 책을 내려놓고 베넷 씨와 주사위 놀이를 했다.

콜린스 씨는 그다지 똑똑한 사람은 아니었다. 그의 부친은 글도 읽을 줄 모르는데다 인색했다. 그래서 콜린스 씨는 선천적 결함을 교육으로 메울 기회도 가질 수 없었다. 그는 엄한 부친 밑에서 자란 탓에 원래 겸허한 태도를 지니고 있었다. 그러나 뜻밖에 일찍 출세하게 되면서 자부심이 생겼고 태도도 바뀌게 되었다. 무슨 사연이 있었는지는 몰라도 캐서린 드 버그 부인이 그를 좋게 본 것이다. 헌스펀드의 목사직이 공석이 되었을 때 그녀가 그를 그 자리에 추천해주었다. 성직자로서의 권위, 후원자에 대한 존경심, 교구를 맡게 된 자부심이 합해져서 그는 자만심과 아부하는 마음, 겸손함이 뒤섞인 존재가 되었던 것이다.

모든 것이 안정되자 그는 결혼 계획을 세웠다. 롱본의 가족과 화해를 청한 것은 그 계획의 일부였다. 소문대로 그 집 딸들이 예쁘다면 그중 한 명을 아내로 고를 생각이었던 것이다. 바로 그것이 그가 생각하고 있던 보상 방법이었다. 그는 이것이 적절하고 관대한 처사라고 생각했다. 딸들을 만나본 후 그의 계획은 더 확고해졌다. 그는 맏딸인 베넷 양이 무척 마음에 들었다. 서열상으로도 당연한 선택이라고 그는 생각했다.

그가 베넷 부인에게 넌지시 자신의 의향을 밝히자 부인이 은근히 주의를 주었다.

"밑에 아이들은, 확실하진 않지만 아마 사람이 없을 거예요. 하지만 큰애는 곧 약혼하게 될 거예요."

하지만 콜린스 씨는 그다지 심각하게 생각하지 않았다. 상대를 둘째인 엘리자베스로 바꾸면 그만이었다. 그는 당장에 상대를 바꿔버렸다. 순서로 보나 미모로 보나 그녀가 바로 제인 다음이었던 것이다. 베넷 부인은 곧 두 딸을 결혼시킬 수 있겠다는 생각에 흐뭇했다. 바로 전날만 해도 그 이름조차 듣기 싫었던 사람이 단번에 호감이 가는 사람으로 바뀐 것이다.

다음 날 메리를 제외하고 모든 자매들이 콜린스 씨와 함께 메리턴으로 산책을 갔다. 리디아가 제안을 한 것이다. 어린 자매들은 콜린스에게는 아무 관심이 없었다. 그녀들의 시선은 장교들을 찾느라 길거리를 이리저리 훑었다.

제1부

57

그런데 네 자매의 시선이 어떤 장교와 걷고 있는 한 남자에게 확 쏠렸다. 무척 신사다운 외모였다. 그와 함께 걷고 있던 장교는 리디아와 안면이 있던 데니 씨였다. 그들은 서로 인사를 했고 데니 씨가 함께 걷고 있던 신사를 소개했다. 그의 이름은 위컴으로, 데니의 부대에 근무하게 된 장교였다. 그의 용모는 정말 빼어났다. 섬세한 이목구비와 훌륭한 체격, 호감이 가는 말솜씨 등 거의 모든 것을 갖추고 있었다.

그들이 거리에 서서 기분 좋은 대화를 나누고 있는데 말발굽 소리가 들려왔다. 다시와 빙리가 말을 타고 거리를 지나가는 것이 보였다. 두 신사는 아가씨들을 알아보고 곧장 다가와 인사를 나누었다. 빙리는 제인의 안부가 궁금해서 롱본으로 가는 길이라고 했다. 그때 다시와 위컴의 시선이 마주쳤다. 두 사람 모두 놀라서 안색이 바뀌었다. 한 명은 하얗게 질린 모습이었고 다른 한 사람은 얼굴이 뻘겋게 되었다. 둘은 마지못해 서로 인사를 나누었다. 그 모습을 지켜본 엘리자베스는 궁금했다. 도대체 어떤 사이일까? 도무지 짐작이 되지 않았지만 궁금증은 그만큼 더 커졌다.

빙리 씨는 제인이 건강한 것을 보니 다행이라고 말한 후 다시와 함께 말을 몰아 떠났고 데니 씨와 위컴 씨는 필립스 씨 자택 문까지 젊은 여성들과 동행했다. 그들은 함께 들어가자는 리디아의 청을 물리치고 인사한 후 그곳을 떠났다.

제인이 필립스 부인에게 콜린스 씨를 소개하자, 부인이 그를 정중하게 맞이했다. 하지만 여성들의 관심은 온통 잠깐 본 위컴에 쏠려 있었다. 조카딸들은 정보통인 필립스 부인을 보자마자 위컴에 대해 이것저것 물어보았다. 하지만 부인은 그가 데니 씨와 함께 런던에서 왔으며 그의 부대에서 중위로 근무하게 될 것이라는 이야기밖에 해줄 수 없었다. 자매들도 다 아는 이야기였다. 필립스 부인은 다음 날 저녁에 롱본 가족이 자기 집으로 오면 남편에게 말해서 위컴 씨도 저녁 식사에 초대하겠다고 약속했다. 자매들은 너무 기분이 좋아, 즐거운 마음으로 필립스 부인과 헤어졌다.

다음 날 저녁 콜린스 씨와 다섯 명의 자매들은 시간에 맞춰 마차를 타고 메리턴으로 갔다. 필립스 부인의 조카들은 위컴 씨가 이모부의 초대에 응해 지금 그 집에 와 있다는 말을 듣고 너무 기뻤다. 그들이 응접실에 들어가 얼마 동안 기다리자 신사들이 나타났다. 위컴 씨가 방 안으로 들어오자 엘리자베스는 그를 만나거나 생각할 때마다 감탄하는 것이 당연하다고 생각

했다. 이곳 장교들은 대개 신사다운 사람들이었는데 그중에서
도 가장 괜찮은 사람들이 지금 이 집에 온 것이었다. 그러나 그
중에서도 위컴 씨가 군계일학이었다.

그는 거의 모든 여성들의 시선을 한몸에 받는 사람이었다.
그런데 그런 여성들 중에서 가장 행운아는 바로 엘리자베스였
다. 위컴 씨가 그녀 옆자리에 앉은 것이다. 둘은 곧 대화를 시
작했다. 날씨에 대한 하찮은 대화였다. 하지만 그는 그 하찮은
대화를 얼마든지 재미있게 이끌 줄 알았다. 엘리자베스는 그와
이야기를 나누면서 말하는 사람의 솜씨에 따라 아무리 시시한
화제도 얼마든지 재미있게 될 수 있음을 알았다.

그 신사들 틈에서 콜린스 씨는 거의 그 존재가 드러나지 않
았다. 그에게 신경을 써주며 커피와 머핀을 대접하는 이는 필
립스 부인뿐이었다. 카드 테이블이 준비되자 신사들은 휘스트
게임을 하려고 테이블 주변에 앉았다. 하지만 위컴 씨는 그 게
임을 하지 않고 숙녀들이 앉아 있는 테이블로 오더니 엘리자베
스와 리디아 사이에 앉았다. 리디아가 제비뽑기 게임에 몰두하
자 위컴 씨와 엘리자베스는 담소를 나눌 수 있었다.

엘리자베스는 그와 다시가 어떤 사이인지 정말 궁금했다. 그
런데 뜻하지 않게 그가 먼저 그 이야기를 꺼냈다. 그는 다시 씨

가 네더필드에 얼마나 머물렀는지 물었다.

"한 달쯤 되었는데요." 엘리자베스는 다시에 대한 이야기를 계속하고 싶어 얼른 덧붙였다.

"너비셔에 엄청난 재산을 가진 사람이라고 하더군요."

"예, 그렇습니다. 굉장하지요. 한 해 수익이 1만 파운드나 됩니다. 난 어릴 때부터 그 댁과 특별한 관계를 맺어와서 정확히 알 수 있지요."

엘리자베스가 놀란 표정을 짓자 위컴이 계속 말했다.

"놀라시는 게 당연합니다. 어제 우리가 서먹서먹해하는 걸 보셨으니까요. 그런데 다시 씨와는 잘 아는 사이인가요?"

"글쎄요, 좀 아는 정도예요. 나흘간 한집에서 지낸 적이 있어요. 그런데 꽤 기분 나쁜 사람인 것 같아요."

"그가 어떤 사람인가 하는 의견을 말씀드릴 권리는 제게 없습니다. 너무 오랫동안 잘 알고 지낸 사이라서 공정한 평가를 내리기 어렵거든요. 그 사람이 여기 오래 머물 거라던가요?"

"전혀 모르겠어요. 그 사람이 이 근처에 있어서 당신이 이곳에 근무하려던 계획에 차질이 생기지 않았으면 좋겠어요."

"아! 아닙니다. 그럴 일은 없을 겁니다. 제가 그를 피할 이유는 없습니다. 기왕 이렇게 된 거 다 말씀드리지요. 돌아가신 그의 부친은 정말 훌륭한 분이셨습니다. 저를 진심으로 아껴주셨지요. 다시 씨를 볼 때마다 다정했던 그 부친이 생각나 슬픔에 젖게 되지요. 사실 저는 군대 생활을 할 생각이 전혀 없었습니다. 어쩌다보니 그렇게 되었지요. 본래 성직자가 되려 했지요. 제대로만 됐으면 지금쯤 아주 좋은 교구를 하나 갖게 되었을 겁니다. 다시 씨가 반대하지만 않았다면……"

"정말요!"

"그렇습니다. 고인이 되신 다시 씨께서 당신 관할 내에 있는 가장 좋은 교구 자리를 제게 물려주라고 유언하셨거든요. 그분은 제 대부님이셨고 절 무척 아껴주셨지요. 그런데 정작 자리가 비었을 때 그 교구는 다른 사람에게 넘어가버렸습니다."

"세상에! 그럼 저 다시 씨가 부친의 유언을 무시했단 말인가요? 어떻게 그럴 수가! 법에 호소할 생각은 안 하셨어요?"

"상속 조건에 비공식적인 내용이 있어서 법에 호소할 수 없었습니다. 다시 씨는 그걸 내세우더니 조건부 상속이라며 내 권리를 박탈하더군요. 확실한 건, 2년 전에 교구 자리가 비었고 나는 그때 그 직을 물려받을 수 있었는데 그 자리가 다른 사람에게 넘어갔다는 것입니다. 제가 그에게 특별히 잘못한 게 없으니 아마 저를 미워했나봅니다."

"그렇다고 그렇게 잔인하게……."

"약간의 질투심도 작용했겠지요. 돌아가신 다시 씨가 저를 조금만 덜 좋아하셨어도 그렇게까지는 안 했을 텐데."

"그 사람이 그 정도로 형편없는 사람인 줄은 몰랐어요. 좋은 사람이라고 생각하지는 않았지만 그렇게까지 나쁘다는 생각은 하지 않았거든요. 자기 부친에게 그렇게 사랑받던 친구를 그렇게 대하다니! 게다가 당신같이 선량함이 얼굴에 씌어 있는 사람을!"

"우리는 어린 시절을 함께 보냈습니다. 내 부친은 원래 당신의 이모부인 필립스 씨와 같은 일을 하시던 분입니다. 하지만 다시 씨를 돕기 위해 모든 것을 포기하고 평생 그분 재산을 돌보는 일에 헌신하셨지요. 다시 씨가 돌아가시기 직전 제게 호의를 베푸신 건 내 부친에 대한 감사의 표시였습니다."

"그런 사람이 어떻게 빙리 씨와 친구이지요? 혹시 빙리 씨를 아세요?"

"전혀 모릅니다."

"아주 다정하고 상냥한 분이에요. 매력적이기도 하지요. 다시 씨가 어떤 사람인지 모를 리가 없을 텐데 어떻게 그렇게 가깝게 지낼 수 있는 거지요?"

"아마 모를 겁니다. 다시 씨는 남에게 호인으로 보일 수도 있습니다. 다만 그런 모습을 보여줄 만한 사람들과 있을 때뿐입니다. 그런 사람들과 있을 때면 즐거운 대화도 나눌 줄 알게 됩니다. 동등한 지위의 사람을 대할 때와 그렇지 못한 사람을 대할 때, 그는 전혀 다른 사람이 되는 거지요. 부유한 사람들 사이에서 그는 관대하고 진지하고 정당한 사람이며, 합리적인 사람일 수 있습니다. 상냥한 사람도 될 수 있지요."

그때 카드 게임이 끝나고 각자 흩어져 다시 자리를 잡았다 콜린스 씨가 엘리자베스와 필립스 부인 사이에 앉았다. 위컴 씨가 잠시 콜린스 씨 쪽으로 눈길을 주면서 엘리자베스에게 낮은 목소리로 그가 드 버그 가문과 친하게 지내는 사이냐고 물었다. 그러자 엘리자베스가 대답했다.

"캐서린 드 버그 귀부인이 아주 최근에 그를 교구 목사에 임명했대요. 콜린스 씨가 어떻게 그녀를 알게 되었는지는 모르겠어요."

"캐서린 드 버그 부인이 다시 씨의 이모란 건 모르시나요? 그 부인과 다시 씨의 어머니인 앤 다시 귀부인이 자매지간이거든요."

"아뇨, 정말 몰랐어요. 그분 이름도 어제 처음 들었는데요."

"그분의 따님인 드 버그 양은 엄청난 유산을 받게 될 겁니다. 지금도 부자이지요. 그녀가 사촌인 다시 씨와 결혼할거라고 하더군요. 두 가문의 재산이 합쳐지면 어마어마할 겁니다."

이 말을 듣자 엘리자베스에게 빙리 양의 모습이 떠올라 미소를 지었다. 불쌍한 빙리 양! 그런 것도 모르고 다시의 사랑을 얻기 위해 온갖 정성을 다 쏟다니!

저녁 식사 후 집으로 돌아가면서 엘리자베스의 머릿속은 위컴 생각으로 꽉 들어찼다. 그가 해준 이야기 외에는 아무것도 생각할 수 없었다. 오는 도중 리디아와 콜린스가 잠시도 쉬지 않고 입을 놀렸기 때문에 그녀는 자기 생각을 입 밖에 꺼낼 기회조차 잡지 못했다.

엘리자베스와 제인은 서로 간에 비밀이 없는 사이였다. 그녀는 다음 날 제인에게 위컴 씨와 나눈 이야기를 들려주었다. 제인은 놀라며 주의 깊게 들었다. 그녀는 다시 씨가 빙리 씨의 친구가 될 만한 사람이 아니라는 이야기를 도저히 믿기 어려웠다. 하지만 어느 모로 보나 위컴 씨의 말에 의문을 제기하기는 힘들었다. 제인은 위컴이 받았던 부당한 대우에 대한 생각만으로도 가슴이 아팠다. 하지만 제인은 양쪽 모두 좋게 생각하면서 변호하려고 했다.

"무슨 사연이 있을 거야. 누군가 이해관계가 얽힌 사람이 가운데서 서로의 말을 잘못 전달해서 오해를 빚은 거겠지."

"언니도 참, 그 이해관계가 얽혔다는 사람들까지도 어디 한번 옹호해보시지. 언니는 그저 뭐든지 다 좋게 생각하는 게 문제라니까."

"마음대로 놀려. 생각해봐. 자기 아버지가 그토록 아끼던 사람을 아무 이유 없이 그런 식으로 대한다는 게 얼마나 수치스러운 짓이야. 인격이 제대로 갖춰진 사람이라면 그럴 수 없잖아. 그럴 리 없어. 다시 씨 주변 사람들이 전부 그에게 속아넘어갈 리 없어. 더욱이 빙리 씨가! 아! 절대로 그럴 리 없어."

"언니, 어젯밤 위컴 씨가 해준 얘기들은 모두 사실이야. 그걸 어떻게 꾸며대. 빙리 씨가 속은 것 같아. 언니가 위컴 씨 표정을 봤어야 하는데. 정말 진실이 깃들어 있었단 말이야."

"모르겠어. 난 정말 모르겠어. 나한텐 너무 어려운 문제야."

"미안하지만 난 모든 게 확실한데……"

자매는 관목 숲에서 이야기를 나누다가 집으로 향했다. 빙리 씨와 그의 누이들이 방문했다는 전갈을 하인이 전했던 것이다. 그들은 다음 화요일에 네더필드에서 무도회가 열릴 것이라며 직접 소식을 전하러 왔다. 베넷 부인은 빙리 씨가 직접 초대하러 왔다는 사실에 너무 의기양양했다. 제인은 빙리 자매와 빙리 씨와 보낼 즐거운 저녁 시간을 상상하며 기분이 좋았고 엘리자베스도 기뻤다. 위컴 씨와 춤을 출 수도 있고, 다시 씨의 행동을 보고 모든 것을 확인할 기회도 될 수 있다는 생각에서였다. 동생들은 동생들대로 파트너가 많은 무도회가 되리라는 기대에 부풀어 있었다. 심지어 메리까지도 이번 무도회에는 꼭 가고 싶다고 말했다.

한 가지 엘리자베스에게 언짢은 일은 콜린스가 처음 두 곡의 춤 파트너가 되어달라고 미리 부탁을 한 것이었다. 하지만 어쩔 도리가 없었다. 그녀는 그의 제안을 마지못해 받아들였다. 어느새 나흘이 흘러갔고 고대하던 화요일, 무도회 날이 되었다.

제4장

무도회 날, 엘리자베스는 어느 때보다도 신경을 써서 옷을 차려입었다. 위컴 씨를 만나리라는 기대에서였다. 그러나 그녀의 기대는 어긋났다. 그는 무도회에 오지 않았다. 리디아가 그의 친구 데니 씨에게 다그쳐 묻자 위컴 씨는 전날 볼일이 있다며 런던으로 갔다고 대답했다. 그리고 묘한 웃음을 띠며 덧붙였다.

"하지만 핑계일 겁니다. 어떤 신사분과 여기서 맞닥뜨리기 싫었을 겁니다."

리디아는 무슨 소리인지 못 알아들었지만 엘리자베스는 모든 것을 알 수 있었다. 그가 오지 않은 것이 다시 때문이라는 것이 확실해지자 다시에 대한 그녀의 불쾌감이 훨씬 커졌다.

그래서 그가 그녀에게 정중한 인사말을 건넸을 때도 예의를 갖춰 제대로 대답하지 않았다. 다시를 정중하게 받아들이고 그를 배려하는 것은 위컴에 대한 모욕이었다. 그녀는 다시와는 어떤 대화도 나누지 않겠다고 결심하고 돌아서버렸다. 그녀는 빙리 씨와 대화를 하면서도 언짢은 기색을 드러냈다. 빙리 씨가 다시를 좋아하는 것이 영 못마땅했기 때문이다.

하지만 그녀는 기분 나쁜 일을 꽁하니 속에 길게 감추는 성격이 아니었다. 그녀는 샬럿 루커스에게 속마음을 다 털어놓았다. 그리고 자신의 사촌뻘 되는 콜린스 이야기도 해주었다. 그러나 조금 풀리려던 마음은 콜린스와 춤 두 곡을 추면서 다시 엉망이 되어버렸다. 그는 정말 불쾌한 파트너였으며 그와 춤을 함께 춘다는 것 자체가 수치였고 비참했다.

그녀가 지겨운 춤을 끝내고 샬럿과 이야기를 나누고 있는데 갑자기 다시 씨가 다가와 춤을 청했다. 그녀는 엉겁결에 당한 일이라 놀라면서도 응해버리고 말았다. 샬럿이 엘리자베스의 귀에 대고 은근히 충고를 했다. '바보처럼 굴지 마. 위컴보다 신분이 열 배나 높은 사람이야. 아무리 위컴을 좋아한다 해도 그를 불쾌하게 하는 건 바보 같은 짓이야'라는 취지의 이야기였다.

춤을 추려고 그와 마주 섰을 때 그녀는 그의 엄숙한 표정을 보고 매우 놀랐다. 두 사람은 말없이 잠시 서 있었다. 이윽고 춤이 시작되었다. 춤을 추면서 그녀는 자신이 침묵을 깨는 짓은 하지 않겠다고 결심했다. 그들은 말없이 춤을 추었다. 그녀가 춤을 추면서 아무 말이 없자 그가 그녀에게 메리턴으로 자주 산책을 가느냐고 물어보았다. 지난번 길에서 만난 일을 기억하고 말을 건 것이었다. 그녀는 그렇다고 대답한 후 참지 못하고 말을 이었다.

"그때 이곳에 막 새로 온 분을 소개받고 있었답니다."

위컴의 이야기를 듣고 다시의 표정이 평소보다 더 오만해진 것 같았다. 얼마간 입을 다물고 있더니 그가 말했다.

"위컴 씨는 원래 상냥한 성격을 타고 나서 친구를 쉽게 사귀지요. 하지만 그만큼 오래 친구로 남을 수 있는 사람인지는 잘 모르겠습니다."

"그는 아주 운이 나쁜 사람이지요. 당신과의 우정을 잃었으니까요. 그래서 평생 고생하게 되겠지요."

다시 씨는 그에 대해 아무런 말도 하지 않았다. 화제를 바꾸고 싶어 하는 모습이 역력했다. 그는 그녀에게 책 이야기를 꺼냈다가 무도회장에서 무슨 책 이야기냐고 그녀에게 핀잔만 맞았다. 그때 갑자기 무슨 생각이라도 난 듯 그녀가 그에게 말했다.

"아, 당신이 했던 말씀이 기억나네요. 다시 씨, 당신은 한번 화가 나면 좀처럼 풀어버리기 어렵다고 하셨지요? 그러면 화 내지 않도록 조심하시겠네요."

"조심하고 있습니다."

"혹시 편견에 눈이 멀어 화를 내는 일은 없나요?"

"그것도 조심해야겠지요."

"자신의 의견을 쉽게 바꾸지 않는 사람들은 처음부터 제대로 판단하도록 조심해야겠지요?"

"무슨 뜻으로 하시는 질문인지 물어도 되겠습니까?"

"별 뜻 없어요. 당신의 성격을 파악하려는 것일 뿐이에요."

"그래, 파악이 되던가요?"

그녀는 머리를 흔들었다.

"모르겠어요. 당신을 두고 하는 소리들이 너무 달라서 뭐가 뭔지 모르겠어요."

"나에 대해 이런저런 소문이 많을 수 있겠지요. 하지만 베넷 양, 지금은 그럴 자리가 아닌 것 같으니 내 성격을 파악하려들 지 않았으면 합니다."

"하지만 지금이 아니면 기회가 없을 것 같은데요."

"그렇다면 마음대로 하십시오. 막지 않겠습니다." 그가 차가운 어조로 말했다. 그들은 말없이 춤을 한 곡 더 추고 나서 역시 말없이 헤어졌다.

마치 그들의 춤이 끝나기를 기다렸다는 듯, 빙리 양이 엘리자베스 쪽으로 다가와 조롱기가 담긴 목소리로 말했다.

"일라이자 양, 당신 여동생들 이야기를 들자하니 조지 위컴에게 호감을 갖고 있다고요? 그 젊은이가 자신이 다시 씨 집사의 아들이라는 이야기는 안 한 모양이군요. 내가 충고해주는데 그 사람 말을 다 믿으면 안 돼요. 다시 씨가 그를 괴롭혔다는 말은 새빨간 거짓말이에요. 자세한 건 몰라도 다시 씨에겐 비난받을 일이 전혀 없다는 건 내가 알아요. 잘못이 있다면 위컴에게 있어요. 혈통으로 봐서도 당연한 일이지요."

"당신 말을 듣자니 모든 잘못은 혈통에서 온다는 말 같네요. 듣고 보니 그가 집사의 아들이라는 것을 비난하고 있는 셈이네요. 그리고 분명히 말씀드리는데, 그 사실은 본인이 미리 알려주었답니다."

빙리 양은 냉소와 함께 "그렇다면 미안하군요"라는 말을 남기고 돌아서 가버렸다.

엘리자베스가 언니 제인을 만나 빙리에 대한 이야기를 하고 있는 중에 콜린스 씨가 다가오더니 기쁨에 들뜬 목소리로 말했다.

"아니, 이 방에 제 후원자 친척분이 계실 줄이야! 여기서 그분의 조카 분을 만나게 될 줄 정말 몰랐습니다. 지금 인사드리러 갈 겁니다."

엘리자베스가 걱정스러운 표정으로 말했다.

"당신이 직접 다시 씨에게 자신을 소개하겠다는 건가요?"

"그럴 겁니다. 미리 인사 못 한 걸 사과해야겠지요."

엘리자베스는 그를 말리려고 애썼다. 정식 소개 없이 다시 씨에게 말을 거는 것은 그의 이모님에 대한 결례가 될 것이라고 힘주어 말했다. 하지만 그는 성직자의 예의범절은 일반인의 예의범절과 다르다고 우기더니 기어코 다시에게 갔다. 그녀는 걱정스러운 눈으로 그를 지켜보았다. 콜린스가 자기소개를 하자 멀리서 보기에도 다시 씨는 놀란 빛이 역력했다. 이어서 다시 씨가 입을 열 기회도 주지 않고 콜린스가 계속 떠벌리자 얼굴에 경멸의 표정이 떠오르는 게 보였다. 다시 씨는 콜린스 씨가 말을 마치자 간단하게 목례만 하고 멀리 가버렸다.

엘리자베스는 창피했다. 콜린스 씨는 어쨌든 자기 집안사람 아닌가? 그런데 이번에는 어머니 베넷 부인 차례였다. 식탁에서 베넷 부인은 쉴 새 없이 입을 놀렸다. 그녀는 빙리 씨가 정말 마음에 든다는 것, 그의 두 자매도 제인을 좋아하니 둘의 결혼은 너무도 잘된 일이라고 속사포처럼 떠벌렸다. 엘리자베스가 제발 목소리를 낮추라고 어머니에게 간청했다. 맞은편에 앉은 다시 씨에게도 어머니 이야기가 다 들리는 게 확실했기 때문이다. 하지만 어머니는 아랑곳하지 않고 자신의 결혼관을 열심히 털어놓았다. 엘리자베스는 부끄럽고 초조해서 얼굴이 붉어졌다.

이번에는 설상가상으로 메리 차례였다. 식사가 끝나자 메리가 노래를 하겠다고 나섰다. 제 딴에는 남들에게 친절을 베풀겠다는 마음에서였다. 엘리자베스가 그녀를 어떻게든 막아보려고 은근히 눈짓을 했지만 소용없었다. 사실상 그녀의 노래 솜씨는 형편없었다. 엘리자베스는 빙리의 자매들을 바라보았다. 조롱하는 눈빛이 역력했다.

거기서 끝났으면 좋았을 것을 이번에는 콜린스가 한바탕 연설을 늘어놓아 사람들 얼굴에 미소가 떠오르게 했다. 엘리자베스가 보기에는 정말이지 자기 가족들이 가능한 한 망신스러운 모습을 최대한 보여주려고 작정한 것 같았다. 딱 한가지 다행인 것은 다시 씨가 멀리서 자기 모습을 바라보기만 할 뿐 가까이 다가와 말을 걸지 않았다는 것이다.

롱본 가족은 손님들 중 가장 마지막까지 남아 있었다. 자리에서 일어서면서 베넷 부인은 조만간 롱본에서 네더필드 가족 모두를 보게 되기를 희망한다고 공손하게 말했다. 특히 빙리 씨에게는 정식초대와 상관없이 언제라도 집에 들러 함께 식사를 해순다면 너무 즐거울 것이라고 말했다. 빙리 씨는 감사하다고 말한 후, 런던에 다녀온 후 꼭 방문하겠다고 약속했다. 그리고 이튿날 볼일이 있어 런던에 다녀와야만 한다고 말했다.

베넷 부인은 기쁨에 들떠 있었다. 그녀는 지참금, 마차, 결혼 예복 준비에 필요한 서너 달만 지나면 자기 딸이 틀림없이 네더필드에 정착하게 되리라고 확신했다. 게다가 콜린스 씨에게 다른 딸 한 명도 확실히 시집보낼 수 있다는 생각에 만족스러웠다. 베넷 부인이 보기에는 다섯 딸 중에 엘리자베스의 미모가 제일 뒤떨어졌다. 그러니 그만한 신랑감도 엘리자베스에게는 더없이 과분했다.

다음 날 롱본에서는 새로운 사건이 벌어졌다. 콜린스 씨가 정식으로 엘리자베스에게 청혼을 한 것이다. 아침 식사를 마치자마자 콜린스 씨가 베넷 여사에게 말했다.

"부인, 오늘 아침에 당신의 따님 엘리자베스 양과 개인적인 대화를 나누는 영광을 베풀어주실 수 있겠습니까?"

그 말을 들은 엘리자베스의 얼굴이 붉어졌다. 베넷 부인은 엘리자베스가 입을 떼기도 전에 얼른 대답했다.

"아, 그럼요. 물론이지요. 리지가 반대할 리가 없지요." 말을 마친 그녀는 엘리자베스와 콜린스만 내버려둔 채 키티와 함께 방을 나가버렸다. 그들이 나가자마자 콜린스 씨가 엘리자베스에게 말했다.

"제가 무슨 말씀을 드리려는지 이미 다 짐작하고 계실 겁니다. 저는 이 집에 들어서는 순간부터 당신을 저의 배필로 점찍었습니다. 하지만 감정을 앞세워 자제심을 잃으면 안 되겠지요. 우선 제가 결혼을 하려는 이유와 아내를 찾아 이곳으로 오게 된 이유를 말씀드리겠습니다."

콜린스가 엄숙한 표정으로, 감정에 휩쓸려 자제심을 잃을 뻔했다는 말을 하자 엘리자베스는 웃음이 터지려는 것을 겨우 참을 수 있었다. 그 탓에 엘리자베스는 그의 입을 막을 틈을 놓치고 말았다. 그가 이야기를 계속해나갔다.

"제가 결혼을 하려는 이유는 성직자로서 자기 교구에서 모범된 결혼의 귀감이 되기 위해서이고 제 행복을 증진시키기 위해서입니다. 또한 제 후원자이신 귀부인이 적극 권하셨기 때문입니다. 당신은 재치가 있고 쾌활한 성격이니 귀부인께서도 틀림없이 마음에 들어하실 겁니다.

그럼 상냥한 젊은 여성이 많은 우리 동네를 놔두고 왜 여기 롱본까지 왔냐? 당신 아버님께서 돌아가신 후에 제가 이 저택을 상속받게 되었다는 것을 알았을 때, 저는 따님들이 상실감을 덜 느끼도록 따님 중 한 분을 아내로 선택해야겠다는 결심을 했습니다. 그것으로 보상을 하려는 결심을 한 것입니다. 이게 내 청혼의 동기입니다. 난 재산에 대해서는 아무 관심도 없습니다. 당신 어머니가 돌아가신 후 이율 4프로짜리 1,000파운드가 당신 몫의 전부라는 것도 저는 알고 있습니다. 그러나 그건 아무 상관없습니다. 결혼 후 그 문제는 결코 제 입 밖으로 꺼내지 않을 것입니다."

이쯤 해서 그의 입을 막아야만 했다. 엘리자베스가 말했다.

"콜린스 씨, 너무 성급하시네요. 제 의견은 묻지도 않으시다니. 더 이상 시간 낭비 않고 말씀드리겠어요. 당신이 제게 보여주신 찬사에 대해서는 감사드려요. 제게 청혼을 해주시니 영광스러운 일이라는 것도 잘 알아요. 하지만 저는 그 청혼을 받아들일 수 없어요."

"젊은 여성들이 남성의 고백을 들으면 속으로는 받아들이면서 겉으로는 거절하는 척하는 게 관례라는 걸 나는 잘 알고 있습니다. 당신의 말에도 나는 절대로 실망하지 않습니다."

그러자 엘리자베스가 큰 소리로 말했다.

"그런 여자들이 있는지는 모르겠지만 저는 진지하게 거절하고 있어요. 당신은 저를 행복하게 해줄 수가 없어요. 저도 당신을 행복하게 해주지 못할 거고요. 당신의 후원자이신 캐서린 부인이 저를 보시게 된다면, 저를 못마땅해하실 게 분명해요. 자, 이 일은 이제 끝난 거로 해요."

하지만 콜린스는 쉽게 물러나지 않았다.

"다음에 이 문제에 대해 말씀을 드리게 된다면 지금보다 호의적인 답변을 해주시길 기대하겠습니다. 당신이 그런 말을 하는 것이 섬세한 여성다운 성격에 맞는 것이기도 하고, 또 나의 청혼을 더욱 부추기기 위해서라는 것을 저는 잘 알고 있으니까요."

"뭐라고요? 제가 당신을 부추기려고 이런 말을 한다고요? 도대체 어떻게 해야 제가 진짜로 거절하고 있다는 걸 아시겠어요?"

"당신이 말로만 거절하고 있다고 믿고 싶은데 괜찮으시겠지요? 왜냐하면 진짜로 당신이 거절할 만큼 시시한 청혼이 아니기 때문이지요. 제 조건이 아주 좋은 것은 아시지요? 재산도 상당하고 사회적 위상도 높으며 드 버그 가문의 도움도 받고 있지요. 게다가 당신이 아주 매력적인 건 사실이지만 당신에게 청혼할 사람이 별로 없다는 점도 고려해야 할 겁니다. 당신의 지참금이 너무 적어 당신의 아름다움이 주는 효과를 깎아버릴 테니까요. 따라서 저는 당신이 진심으로 거절하고 있다고 생각할 수 없습니다. 상대방을 애가 타게 해서 사랑의 감정을 키우는 게 여성들의 우아한 수법이라는 것을 잘 알고 있습니다."

"정말이지, 콜린스 씨! 저는 우아하게 남성들을 고문하는 그런 여성이 아니랍니다. 저를 그런 식으로 보지 말고, 진실을 말하는 이성적인 존재로 봐주시면 고맙겠어요."

그러자 콜린스가 다소 어색한 표정을 지었다. 하지만 그는 곧 씩씩하게 외쳤다.

"그렇지만 당신은 여전히 매력적입니다. 당신의 부모님이 결혼을 허락해주시면 당신도 받아들일 수밖에 없겠지요."

엘리자베스는 그 말에 아무 반응도 보이지 않고 물러났다. 만일 그가 그녀의 거절을 계속 아양이나 떠는 걸로 착각한다면 아버지에게 말씀드려야겠다고 그녀는 결심했다. 아버지는 단호하게 거절의 말을 전할 것이고, 아버지의 말까지 우아한 여성의 교태로 받아들이지는 않을 테니까.

아직 착각에서 벗어나지 못한 콜린스는 베넷 부인에게 엘리자베스의 말을 전했다. 그를 보자마자 축하한다고 떠들어댔던 베넷 부인은 깜짝 놀랐다. 그녀는 콜린스보다 딸을 잘 알고 있었기에 서둘러 남편에게 갔다.

"여보, 빨리 어떻게 좀 해봐요. 글쎄, 리지가 콜린스의 청혼을 받아들이지 않겠대요. 어서 서둘러 타이르세요. 콜린스가 걔와 결혼하지 않겠다고 하면 어떡해요."

"내가 뭘 어떻게 해야 한다는 거지? 다 끝난 일 아닌가?"

"리지에게 가서 그와 결혼하라고 말 좀 하세요."

"리지를 이리 오라고 해요. 내 생각을 말해줄 테니."

베넷 부인은 하인을 시켜 엘리자베스 양을 서재로 불러오게 했다. 곧이어 엘리자베스가 나타나자 베넷 씨가 말했다.

"콜린스가 네게 청혼한 게 사실이냐? 네가 거절했고?"

"네, 그래요."

"알았다. 자, 본론으로 들어가자. 어머니는 네가 청혼을 받아들이길 원한다. 여보, 안 그렇소?"

"맞아요. 안 그러면 저 애를 다시는 안 볼 거예요."

"엘리자베스야, 너는 정말 딱한 처지에 놓여 있는 셈이로구나. 어떤 결정을 하건 부모 중 한 명과 헤어져야만 하는구나. 네어머니는 네가 콜린스의 청혼을 받아들이지 않으면 다시는 널보지 않을 작정인 것 같다. 그런데 나는 네가 콜린스와 결혼하면 다시는 널 보지 않을 작정이다. 이 노릇을 어쩌지?"

엘리자베스는 아버지가 그토록 진지하게 이야기를 시작하더니 그런 식으로 농담처럼 끝내자 웃음이 나왔다. 남편의 말에 실망한 베넷 부인은 남편에게 불평을 늘어놓았다. 그러자 베넷 씨가 말했다.

"여보, 내, 작은 부탁 두 가지만 들어주겠소? 하나는 이번 일을 내가 자유롭게 판단할 수 있게 해달라는 것이오. 또 다른 하나는 내 방을 내가 자유롭게 쓸 수 있게 해달라는 것이오. 가능한 한 빨리 서재에 나 혼자 남게 해줄 수 없겠소?"

여전히 포기하지 않은 베넷 부인이 엘리자베스를 설득, 협박하고 제인에게 협조를 부탁했지만 아무 소용이 없었다. 결국 콜린스 씨의 청혼 건은 한바탕 소동으로 끝났다. 콜린스는 자신이 아주 잘났다고 생각하고 있었기 때문에 엘리자베스가 자신의 청혼을 거절한 이유를 도무지 이해할 수 없었다. 그렇다고 자존심이 좀 상했을 뿐 상처는 입지 않았다. 엘리자베스를 향한 그의 애정은 그저 자기가 상상으로 만들어낸 것이었을 뿐 결코 절실하지 않았다. 그는 거실로 들어와 베넷 부인에게 불쾌한 기색이 완연한 목소리로 말했다. 그 자리에는 리디아와 마침 이웃에서 놀러온 샬럿 루커스가 함께 있었다.

"부인, 저는 결코 따님의 행동에 화가 나지 않았습니다. 저는 체념했습니다. 성직에 종사하는 젊은이가 당연히 가져야할 미덕이지요. 아름다운 엘리자베스가 제 청혼을 받아들였다면 과연 제가 진정으로 행복했을까 하는 의심을 갖게 되어 더더욱 그렇게 되었습니다. 분명히 말씀드리는데 저는 처음부터 좋은 의도를 가지고 이 일에 임했습니다. 이 댁 모든 분들께 이익이 되도록 배려를 해드리면서 저 자신을 위해 상냥한 배우자를 얻고자 했을 뿐입니다. 그래도 제 태도가 비난받을 만한 것이었다면 여기서 삼가 용서를 바라는 바입니다."

지내는 데 약간의 불편이 있었을 뿐 콜린스 씨의 청혼을 둘러싼 논란은 이제 거의 마무리되었다. 엘리자베스는 간혹 어머니의 비꼬는 말만 감수하면 되었다. 콜린스는 낙담하지 않았지만 엘리자베스에게는 침묵으로 일관했다. 실은 엘리자베스를 향했던 그의 애정이 고스란히 샬럿 루커스에게로 옮아간 것이다. 샬럿이 그에게 상냥하게 대해준 덕분에 가족 모두, 특히 엘리자베스에게는 아주 시기적절한 도움이 되었다. 그런 일이 있고도 콜린스는 방문 기간을 줄일 생각을 않고 원래 계획대로 토요일까지 그곳에 머물 생각이었다.

어느 날 제인 앞으로 편지 한 통이 배달되었다. 네더필드에서 온 편지였다. 제인은 황급히 편지를 뜯어 읽었다. 옆에 있던 엘리자베스는 편지를 읽는 언니의 표정이 변하는 것을 보았다. 제인이 눈짓으로 자기 방으로 가자고 했고 둘은 위층으로 올라갔다.

"캐럴라인 빙리 양에게서 온 편지야. 너무 놀라운 내용이야. 내가 읽어볼 테니 들어봐."

제인은 편지를 큰 소리로 읽었다. 빙리 자매가 오빠를 따라 런던으로 떠나기로 결정했으며, 제인과 헤어지는 게 아쉽다는 내용이었다. 더 놀라운 건 다시 양에 대한 이야기였다. 오빠가 다시 양을 굉장히 좋아하고 있고 그녀를 자주 만나게 될 것이며, 다시 양이 자기 올케가 되기를 정말로 원한다고 씌어 있었던 것이다.

"리지야, 어떻게 생각해? 캐럴라인이 내가 자기 올케가 되는 걸 원하지 않는다는 걸 분명히 선언한 거지? 자기 오빠가 내게 무관심하니 오빠에게 애정 갖지 말라고 경고한 거지? 내 말이 맞지?"

"내 생각은 전혀 달라."

"어떻게 다른지 어서 말해봐."

"자기 오빠가 언니를 사랑하는 걸 알면서 다시 양과 결혼하기를 바라고 있는 거야. 오빠를 런던에 붙잡아두려고 쫓아간 거고. 언니에게는 자기 오빠가 언니를 좋아하지 않는다고 거짓말해서 포기하게 만들려는 거고."

제인이 고개를 흔들자 엘리자베스가 계속 말했다.

"정말이야, 언니. 내 말을 믿어야 해. 언니가 빙리 씨와 함께 있는 걸 본 사람이면 누구나 그가 언니를 좋아한다는 걸 알 수 있어. 빙리 양이라고 그걸 모르겠어? 하지만 우리가 자기네와 어울리는 가문이 아니니까 그러는 거야."

"캐럴라인은 그렇게 고의적으로 사람을 속일 사람이 아니야. 그냥 착각한 거겠지."

"원 착하기는. 암튼 마음 단단히 먹고 있어. 언니 생각만 확고하다면 동생들이 반대하는 결혼을 해야만 하는 판국이니까."

"어쨌든 그가 이번 겨울에 돌아오지 않는다면 내 생각은 아무 소용없어. 6개월이면 무슨 일이든 다 일어날 수 있으니까."

하지만 제인은 낙관적인 성격이었다. 그녀는 빙리가 네더필드로 돌아와 그녀의 소원을 들어주리라는 희망을 버리지 않았다.

그사이 놀라운 일이 벌어졌다. 샬럿 루커스와 콜린스가 약혼을 발표한 것이다. 모든 것은 순식간에 결정되었으며 양쪽 모두 만족스러웠다. 그리고 그 누구보다 윌리엄 경과 루커스 부인이 기뻐했다.

그들은 딸에게 줄 재산이 거의 없었다. 그런데 베넷 씨가 죽은 후 콜린스 씨 앞으로 오게 될 재산이 상당히 매력적이었다. 루커스 부인은 베넷 씨가 얼마나 오래 살 것인지, 이전과는 다른 관심을 가지고 따져보기 시작했다.

당사자인 샬럿은 속으로 아주 차분하게 상황을 따져보았다. 그녀가 보기에 콜린스는 현명한 사람이 아니었다. 게다가 그는 그녀의 마음에 들지도 않았다. 하지만 그녀에게는 결혼이 늘 삶의 목표였다. 교육은 제대로 받았지만 재산이 별로 없는 젊은 여성이 명예롭게 살 수 있는 방법은 결혼이 유일했다. 그녀는 결혼이 행복을 가져다줄 것이라고 확신하지는 않았다. 하지만 최소한 궁핍에 빠지는 걸 막아줄 최선의 방법은 결혼뿐이라는 것을 확신하고 있었다.

'나이도 스물일곱이나 된데다 별로 예쁘지도 않은데 나는 너무 운이 좋아'라고 그녀는 생각했다. 약혼 소식을 전한 후 콜린스는 두 주 정도 후에 돌아오겠다고 말한 후 베넷 씨의 집을 떠났다.

그들이 약혼했다는 소식을 듣고 가장 놀랍고 분노한 것은 당연히 베넷 부인이었다. 그녀는 특히 엘리자베스에게 화를 냈다. 이 모든 것을 초래한 장본인이 바로 엘리자베스라는 것이었다. 베넷 부인은 엘리자베스를 볼 때마다 야단을 쳤다. 정확히 표현하자면 1주일이 지나서야 그녀는 엘리자베스의 얼굴을 보고도 야단을 치지 않을 수 있었고, 한 달이 지난 후에야 덤덤한 얼굴로 윌리엄 경과 루커스 부인에게 말을 걸 수 있었으며 여러 달이 지나서야 그들의 딸 샬럿을 용서할 수 있었다.

엘리자베스는 콜린스에 대해 섭섭한 마음은 눈곱만큼도 없었다. 하지만 샬럿에게는 실망했다. 샬럿과 엘리자베스는 너무 가까운 사이였던 만큼 그 실망이 더 컸다. 세속적인 이익을 위해 소중한 감정 같은 건 전혀 생각도 하지 않다니! 콜린스 씨의 아내인 샬럿! 그건 수치스러운 그림이었다. 친구가 스스로 그 치욕을 초래했고 자신들의 우정도 바닥에 떨어졌다!

샬럿에게 실망하고 나니 제인을 생각하는 그녀의 마음이 더 깊어졌다. 엘리자베스는 빙리가 런던으로 떠난 지 1주일이 되었는데도 돌아온다는 소식이 없었기에 불안해지기 시작했다.

제인은 캐럴라인 빙리에게 곧바로 답장을 보냈으며 다시 소식이 오기만을 손꼽으며 기다리고 있었다. 하지만 답장은 없었다. 빙리 씨가 겨울 내내 네더필드에 내려오지 않을 거라는 소식만 가끔 들려올 뿐, 그에 대한 아무런 소식도 없이 하루하루가 흘러갔다.

이제 엘리자베스조차 걱정스러워지기 시작했다. 혹시 빙리 씨가 제인에게 무심해진 것이 아닐까 걱정한 것이 아니었다. 그의 누이들의 계획대로 빙리 씨를 런던에 붙잡아두는 데 성공할까봐 불안해지기 시작한 것이다. 그의 무정한 두 누이와 다시 씨가 힘을 합치고, 여기에 다시 양의 매력까지 가세한다면 제인을 향한 빙리의 애정이 아무리 변함없더라도 이겨내기 어려울 것 같아 걱정스러웠다.

물론 가장 불안하고 고통스러운 건 제인이었다. 그러나 제인은 자신의 감정을 쉽게 겉으로 드러내는 성격이 아니었다. 그녀는 겉으로는 평온하게 지냈다.

가장 비참한 것은 베넷 부인이었다. 콜린스가 샬럿과 결혼한다는 충격에서 벗어나지도 못했는데 제인마저 저렇게 되다니! 게다가 정확히 두 주 후에 콜린스가 돌아와서 그녀의 마음에 불을 질러버렸다. 그래도 다행인 것은 그가 대부분의 시간을 루커스 롯지에서 지냈고 밤에 잠잘 때만 돌아왔다는 사실이었다.

베넷 부인이 남편에게 자신의 비통한 심정을 털어놓았다.

"여보, 샬럿 루커스가 이 집 여주인이 될 거라는 생각만 해도 견딜 수 없어요. 세상에, 걔한테 내 자리를 내주어야 한다니! 아니, 그 꼴을 보고 살아야 한단 말이에요?"

"여보, 뭐 그렇게 비관적으로 생각하지 맙시다. 좋게 생각해요. 내가 그들보다 오래 살 거라고 생각하면 되지 않소?"

그의 말은 그녀에게 그다지 위로가 되지 못했다.

"아아, 도대체 어떻게 해서 우리 딸들에게서 집과 땅을 빼앗아갈 수 있는 거지요? 그것도 콜린스와 루커스를 위해서! 도대체 딴 사람도 아니고 왜 그들이 우리 집과 땅을 차지해야 하냐고요!"

"당신이 답을 찾아보구려."

무정한 남편의 대답이었다.

제
2
부

제1장

　마침내 모든 희망을 사라지게 만든 빙리 양의 편지가 도착했다. 그들이 함께 런던에서 겨울을 보내게 될 것이라는 내용이었다. 게다가 빙리 양은 다시 양에 대한 칭찬으로 편지를 거의 다 메우고 있었다. 게다가 자기 오빠가 다시 씨의 저택에서 지내고 있다고 기뻐하고 있었다.

　제인을 통해 편지 내용을 전해들은 엘리자베스는 화가 치밀어올랐다. 계략을 꾸미는 친구에게 노예처럼 끌려 다니기나 하고 자신의 행복을 다른 사람들의 변덕에 맡긴 채 올바른 결단력도 발휘하지 못하는 빙리 씨에 대한 분노였다. 심지어 그에게 경멸감까지 생겼다. 그녀는 빙리 씨가 제인을 진정으로 좋아하고 있다는 것은 추호도 의심하지 않았다.

제인도 고통스러웠지만 곧 마음을 추스르고 엘리자베스에게 말했다.

"얼마 안 가서 그 사람은 잊을 수 있을 거야. 우린 모두 예전으로 돌아갈 거고. 그 사람을 비난할 이유는 없어. 나 혼자 그 사람이 나를 좋아한다고 착각한 거야. 그건 나 혼자 극복하면 돼."

"언니는 너무 착해. 정말 천사 같아. 하지만 나는 언니 혼자 빙리 씨를 좋아했다고는 믿을 수 없어. 그는 결단력이 부족한 거야."

"너는 여전히, 그 사람이 누이동생들 때문에 저러는 거라고 생각하고 있구나."

"응, 그의 친구와 작당해서."

"난 믿을 수 없어. 도대체 누이들이 무슨 이유로 그럴 필요가 있겠니? 누이들은 자기 오빠가 행복해지기를 바랄 텐데. 빙리 씨가 나를 좋아한다면 오빠를 행복하게 해주기 위해 우리를 만나게 해줄 것 아니니?"

"언니 첫 번째 가정이 틀렸어. 그 누이들은 오빠의 행복 말고도 바라는 게 많아. 그의 재산이 늘고 신분이 상승하기를 바랄 거고, 재산과 신분이 높은 여자와 결혼하기를 바랄 거야."

"네가 그 동생들을 잘 몰라서 하는 얘기야. 자기 오빠가 내게 끌리고 있다고 생각한다면 우리를 떼어놓으려고 애쓸 사람들이 아니야. 그가 날 좋아한다고 네가 억측하는 것일 뿐이야. 그런 생각으로 나를 괴롭히지 말아줘. 내가 착각했던 건 부끄럽지 않아. 그 여동생들이 나쁜 사람들이라고 생각하는 게 더 힘들어. 제발 그냥 있을 수 있는 일이라고 받아들이게 해줘."

엘리자베스는 그녀의 간절한 부탁에까지 맞설 생각은 없었다. 이후로 둘 사이에 빙리 씨의 이름은 거론되지 않았다. 다행히 위컴 씨가 베넷 부인의 집에 가끔 드나들면서 침울했던 집안 분위기가 어느 정도 가실 수 있었다. 그 자리에서 다시 씨 때문에 위컴 씨가 겪었던 일이 공개적으로 거론되었고, 모두 다시 씨를 싫어하게 되었다. 제인은 그 일에는 무슨 사정이 있을 것이라고 생각하는 유일한 사람이었다. 그녀는 무슨 오해가 있을지도 모른다고 다시 씨를 옹호했다. 그러나 그녀를 제외한 모든 사람들에게 다시 씨는 이 세상에서 가장 나쁜 사람이 되었다.

콜린스는 1주일 후 롱본을 떠났다. 다음번에 하트퍼드셔에 다시 오게 되면 결혼 날을 확실히 잡을 계획이었다.

그다음 월요일에 베넷 부인의 남동생 내외가 롱본을 찾았다. 여느 때와 마찬가지로 성탄절을 함께 보내기 위해서였다. 부인의 남동생 가디너 씨는 현명하고 신사다운 남성으로서 모든 면에서 누나보다 훨씬 나은 인물이었다. 가디너 부인은 베넷 부인보다 몇 살 아래였는데 상냥하고 우아하며 지적인 여성으로서 롱본의 조카딸들이 모두 좋아하는 외숙모였다. 위의 두 조카딸은 그녀를 특히 좋아해서 가끔 런던의 그녀 집에 머무르곤 했다.

그녀는 베넷 부인의 하소연을 참을성 있게 들은 후 마침내 엘리자베스와 단둘이 있게 되자 제인에 대한 이야기를 나누었다. 가디너 부인이 말했다.

"제인에겐 정말 안된 일이구나. 하지만 그런 일들은 흔히 일어난단다. 빙리 씨 같은 젊은이가 예쁜 여자와 얼마 동안 사랑에 빠졌다가, 떨어져 있게 되면서 쉽게 잊고 변심하는 일은 자주 있는 일이란다."

"외숙모, 언니 경우는 그렇지 않아요. 빙리 씨는 언니를 열렬히 사랑했어요. 게다가 남에게 좌지우지되지 않아도 될 만큼 재산이 많아요. 그런 사람이 주변 사람에게 설득당해 열렬히 사랑하던 여성을 멀리하는 일은 흔히 일어나는 일이 아니잖아요."

"하지만 '열렬히 사랑한다'라는 표현은 너무 진부하고 불확실해. 단 30분 동안 사귄 사람들도 그런 표현을 쓰거든. 빙리 씨의 사랑이 얼마나 '열렬'했다는 거니?"

"외숙모, 그보다 짙은 애정을 저는 본 적이 없어요. 그는 다른 사람에게는 완전히 무관심한 채 언니에게만 마음을 쏟았어요. 만날 때마다 더 진해졌고요. 그가 주최한 무도회에서 여러 여자들이 화가 났었어요. 그가 춤을 청하지 않아서예요. 내가 두 번이나 말을 걸었는데 대답도 안 하더군요. 그보다 더 나은 증거가 있나요? 사랑에 빠지면 일상적 예의범절을 잊어버리게 되잖아요."

"아, 그래? 제인이 불쌍하구나. 걔 성격으로는 쉽게 잊지 못할 거야. 너라면 훌훌 털어버릴 수 있을 텐데. 제인보고 우리와 함께 런던으로 가자고 하면 말을 들을까? 집에서 잠시 벗어나 환경을 바꾸면 마음을 잡는 데 도움이 될지도 몰라. 그 젊은이 생각을 하지 않으면 나아질 거야. 런던에서 그를 만날 가능성은 거의 없어. 서로 멀리 떨어진 곳에 살고 있고 신분도 다르니까. 게다가 우리는 사교계에 드나들지도 않아. 그 사람이 일부러 제인을 만나러 오는 경우가 아니라면 마주칠 일이 없어."

"외숙모, 그럴 일은 절대 없을 거예요. 빙리 씨는 지금 친구 다시 씨 집에 있어요. 다시 씨는 그레이스 처치 거리라는 게 있는지 들어본 적도 없을 거고, 어쩌다 거기 발을 들여놓게 되면 불결하다는 생각에 한 달간 매일 목욕을 해댈 걸요. 다시 씨는 빙리 씨가 그곳에 발을 들여놓는 걸 절대로 허락하지 않을 거예요."

제인은 외숙모의 초대를 기쁘게 받아들였다. 가디너 가족은 롱본에 1주일 동안 머물렀다. 그동안 필립스 가족, 루커스 가족, 그리고 무엇보다 장교들이 거의 매일 드나들었다. 장교들 가운데는 위컴 씨가 꼭 끼었다. 엘리자베스는 가디너 부인에게 위컴을 열심히 칭찬했다. 가디너 부인이 보기에 두 사람이 진지하게 사랑하는 것 같지는 않았지만 둘이 호감을 갖고 있는 것은 분명했다. 가디너 부인은 엘리자베스에게 신중하라고 충고했고 엘리자베스도 선선히 조심하겠다고 말했다.

가디너 부부가 제인을 데리고 떠나자마자 콜린스 씨가 하트퍼드셔로 돌아왔다. 목요일에 결혼식이 거행되었고 콜린스와 샬럿은 켄트를 향해 떠났다.

런던에 도착한 제인이 엘리자베스에게 안부 편지를 보내왔다. 하지만 엘리자베스가 내심 기대하고 있던 빙리 씨에 관한 이야기는 없었다. 엘리자베스는 초조하게 두 번째 편지를 기다렸다. 그런데 빙리 양을 만났다는 소식을 전하는 두 번째 편지가 왔다.

숙모님이 런던의 그로스브너 거리를 방문할 일이 있었어. 나도 따라가서 빙리 양을 만났어. 왠지 기운이 없어보였어. 하지만 나를 보고 무척 반가워하더구나. 런던에 온다는 걸 왜 미리 알리지 않았냐고 나를 질책하더라. 내가 오빠 안부를 물으니까 잘 지낸다고 대답했어. 하지만 다시 씨에게 너무 묶여 있기 때문에 자기들도 얼굴을 자주 못 본다고 하더라. 그날 다시 양을 저녁 식사에 초대했다고 하더라. 그녀를 만나볼 좋은 기회라고 생각했어. 그런데 캐럴라인과 허스트 부인이 외출해야 한다고 해서 곧바로 돌아와야만 했어.

엘리자베스는 편지를 읽고 머리를 흔들었다. 우연에 의해서가 아니고는 제인이 빙리 씨를 만나는 것은 불가능하다는 확신이 들었기 때문이었다. '캐럴라인은 제인이 런던에 있다는 걸 빙리 씨에게 절대로 알릴 리가 없어'라고 엘리자베스는 생각했다.

4주가 지나가는 동안 제인은 빙리 양을 볼 수 없었다. 제인은 '무슨 이유가 있겠지'라며 스스로 빙리 양을 옹호하면서 보름을 더 기다렸다. 마침내 빙리 양이 제인을 찾아왔다. 하지만 방문 시간이 너무나 짧았고 그녀의 태도가 전과 너무 달랐다. 제인은 이제 더 이상 스스로를 속일 수 없었다. 그녀는 자신의 마음을 엘리자베스에게 보낸 편지에 그대로 적었다.

사랑하는 리지야, 빙리 양이 나를 좋아한다고 완전히 착각했다는 걸 고백할게. 네가 옳았어. 하지만 그녀가 전에 내게 보여준 행동을 보고 그렇게 생각하지 않을 수 없었다는 걸 너도 인정하겠지? 똑같은 상황이 벌어지면 나는 또 속고 말 거야.

어제 그녀가 답방을 오는데 별로 내키지 않아하는 표정이 역력했어. 일찍 찾아오지 못한 데 대한 형식적인 사과만 했을 뿐 날 다시 보고 싶다는 말도 한마디 안 하더구나. 정말 완전히 딴사람 같아서 그녀가 가버린 뒤 더 이상 만나지 않겠다는 결심을 했단다.

이해가 안되는 게 아냐. 순전히 오빠 때문이겠지. 여동생으로서 오빠 때문에 불안감을 느끼는 건 당연하잖아. 하지만 그녀가 그렇게 불안해하는 게 이상하긴 해. 그가 나를 좋아하지도 않는데 말이야. 그가 나를 조금이라도 좋아했다면 벌써 나를 만나러 왔을 거 아니니? 그리고 자기 오빠가 다시 양을 정말 좋아한다고 자꾸 강조했어. 하지만 뭔가 자꾸 스스로에게 확신을 주려는 것 같았어. 정말 이상해.

하지만 이런 괴로운 생각들은 떨쳐버릴래. 나를 행복하게 해주는 것만 생각해야지. 네가 내게 보내주는 애정과 외삼촌 부부의 한결같은 배려만 생각할 거야. 빙리 양 말로는 오빠가 다시는 네더필드로 돌아가지 않을 거래. 집도 내놓을 거고. 그런데 뭔가 확신하는 것 같지는 않았어. 내가 또 그 이야기를 꺼내네. 우리 그 얘기는 더 이상 하지 말자.

답장 빨리 보내줘. 기다릴게.

제인 씀

편지를 읽은 엘리자베스는 마음이 편치 않았다. 하지만 최소한 제인이 더 이상 그의 여동생에게 속지는 않을 거라는 사실이 조금 위안이 되었다. 제인이 빙리 씨와 맺어지리라는 기대는 이제 완전히 접을 수밖에 없었다. 제인도 그의 애정이 다시 살아나기를 기대하지 않을 것이다. 엘리자베스는 빙리 씨가 다시 씨의 누이동생과 어서 결혼하기를 바랐다. 빙리의 여동생을 오만하기 그지없다고 한 위컴의 말이 사실이라면 빙리 씨는 그녀와 결혼하자마자 제인을 버린 것을 곧 후회하게 될 것이기 때문이었다. 제인에게는 선물이 내리는 셈이고 빙리 씨에게는 형벌을 내리는 셈이 아니겠는가?

이 무렵, 가디너 부인은 엘리자베스에게 위컴의 소식을 물어 왔다. 엘리자베스는 외숙모를 안심시킬 소식을 보낼 수 있었다. 그가 자기에게 보이던 관심은 완전히 사라졌고 다른 여성의 마음에 들려고 애를 쓰고 있다는 소식이었다. 그녀는 비교적 담담하게 그 내용을 숙모에게 보내는 편지에 쓸 수 있었다.

엘리자베스도 마음이 약간 흔들리기는 했다. 그녀는 자신에게 재산이 좀 있었다면 그가 자신을 선택할 수도 있었을 거라고 생각하며 마음을 달랬다. 위컴은, 갑자기 상속받게 된 1만 파운드의 재산 외에는 아무런 매력도 없는 여성에게 잘 보이려고 애를 쓰고 있었다. 엘리자베스는 그를 비난하지 않았다. 오히려 자연스러운 일이라고 생각했다. 그녀는 편지에 이렇게 덧붙였다.

제2부

99

외숙모, 저는 제가 사랑에 빠졌던 게 아니라는 것을 이제 확실히 알게 되었어요. 만일 그랬다면 그의 이름을 듣기만 해도 그가 미워져야 하잖아요. 그가 불행해지기를 바라는 마음이 들어야 하잖아요. 하지만 그에게 여전히 친절하게 대할 수 있고 심지어 그와 결혼하게 될 킹 양도 싫지가 않아요. 그녀가 괜찮은 여자라는 생각까지 들 정도예요. 그러니 제가 그를 사랑하지 않았던 게 너무 분명해요.

저보다는 키티와 리디아가 그의 변절을 더 가슴 아파하고 있어요. 걔들은 아직 어려서 세상 돌아가는 일을 잘 몰라요. 못난 젊은이뿐 아니라 잘난 젊은이도 먹고살 만한 건 있어야 한다는 가슴 아픈 진실을 걔들은 아직 깨우치지 못했어요.

제2장

별다른 일 없이 1월과 2월이 지나갔다. 3월이 되면 엘리자베스는 켄트 주의 헌스퍼드에 갈 예정이었다. 그곳에 사는 샬럿이 그녀를 초대한 것이다.

약속한 날이 되자 엘리자베스는 샬럿의 아버지 윌리엄 경과 그의 둘째딸 마리아와 함께 길을 떠났다. 가는 길에 외삼촌 집에 들러서 제인을 잠깐 만날 수 있다는 생각에 엘리자베스는 즐거운 마음이었다. 그들과 함께 마차를 타고 가면서 엘리자베스는 조금 괴로웠다. 아버지나 딸이나 마차 덜커덩거리는 소리와 별반 다를 바 없는 쓸데없는 소리를 쉬지 않고 지껄여댔기 때문이다.

워낙 일찍 출발했기에 일행은 정오 무렵 그레이스 처치 거리에 도착했다. 엘리자베스는 반갑게 외삼촌 부부와 제인을 만났다. 제인은 건강한 얼굴이었다. 가디너 부인은 엘리자베스가 위컴과의 일을 잘 견뎌냈다고 칭찬했다. 엘리자베스는 할 말이 없는 건 아니었지만 그냥 입을 다물었다.

외삼촌 부부를 방문하고 얻은 가장 큰 소득은 외삼촌 부부가 계획해 둔 여름휴가에 함께 가자고 초대를 받은 일이었다. 가디너 부인이 엘리자베스에게 말했다.

"어디까지 갈지 아직 확실히 결정하지는 않았단다. 하지만 북쪽의 호수지방까지는 갈 것 같아."

엘리자베스는 너무 기뻐하며 초대를 감사히 받아들였다. 건강한 언니를 보니 모든 걱정이 사라진데다, 북쪽 지방으로의 즐거운 여행 계획까지 세우게 되었으니 다음 날 그녀는 즐거운 마음으로 헌스퍼드를 향해 길을 나설 수 있었다.

헌스퍼드에 들어서서 조금 더 길을 가니 마침내 목사관이 눈에 들어왔다. 샬럿과 콜린스는 문간에 나와 그들을 맞이했다. 콜린스 부인은 더없이 활기찬 표정으로 친구를 맞이했다. 콜린스의 태도는 결혼하기 전과 조금도 다름이 없었다. 정중하게 격식을 차리는 태도야 그렇다 치더라도 안으로 들어가자마자 집과 방과 가구들에 대해 지루하기 그지없는 설명을 늘어놓았다. 엘리자베스는 그런 사람과 살면서 여전히 쾌활한 친구가 신기해서 쳐다보았다.

거실에 앉아 찬장에서부터 벽난로에 쳐 있는 망에 이르기까지 온갖 찬사가 다 끝나자 콜린스 씨는 정원으로 나가자고 했다. 자신이 직접 가꾸고 있는 정원을 자랑하기 위해서였다. 엘리자베스에게 자신의 청혼을 받아들이지 않은 것을 후회하게 만들려는 속셈이 분명했다.

저녁을 먹으면서 콜린스 씨가 말했다.

"캐서린 부인이 아직 이곳에 머물고 계십니다. 여기 목사관 맞은편에 큰 건물 보았지요? 그분이 묵고 있는 로징스입니다. 엘리자베스 양, 일요일이면 그분을 교회에서 뵐 영광을 얻게 될 겁니다. 당신이 여기 있는 동안에 우리와 함께 당신을 그분 집에 초대하실 겁니다. 우리는 매주 두 번 로징스에서 저녁 식사를 하는데 매번 마차를 보내주시지요. 정말 다정하고 친절하신 분입니다."

다음 날 정오 무렵, 엘리자베스가 방에서 나와 산책을 하려고 하는데 갑자기 시끄러운 소리가 났다. 마치 집 안 전체가 들썩이는 것 같았다. 잠시 후 누군가가 계단을 급히 뛰어오르는 소리가 들렸다. 그녀가 문을 열고 나가자 층계참에서 마리아가 흥분하여 헐떡거리고 있었다.

"일라이자 언니! 빨리, 빨리 거실로 좀 나와봐요. 정말 굉장해요. 나와보면 알아요."

엘리자베스가 무슨 일이냐고 물어도 마리아는 아무 대답도 하지 않았다. 그녀는 마리아와 함께 서둘러 거실로 내려왔다. 막상 가보니 정원 입구에 두 여성이 타고 있는 화려한 쌍두마차가 서 있을 뿐이었다.

"겨우 이걸 갖고 그런 거야? 난 또 돼지들이 정원으로 뛰어들어온 줄 알았지. 캐서린 부인하고 따님이 온 것뿐이잖아."

"어머나, 언니! 저분은 캐서린 부인이 아니야. 그분과 함께 지낸다는 젠킨슨 부인이야. 저 여자는 드 버그 양이 맞아. 그런데 정말 조그맣게 생겼네. 저렇게 마르고 작을 줄은 몰랐어."

"그래? 내가 보기에는 딱 좋은 외모인데. 병약하고 신경질적인 게 그 사람에게 너무 잘 맞겠다. 그에게 아주 잘 어울리는 짝이 되겠네."

콜린스 씨와 샬럿은 문간에 서서 그 여자들과 대화를 나누고 있었고 윌리엄 경은 현관에 서 있다가 드 버그 양이 그쪽을 바라볼 때마다 연신 몸을 굽혀 절을 했다. 마침내 그들이 떠나자 콜린스가 집 안으로 들어오더니 엘리자베스와 마리아를 보고 그녀들이 정말 운이 좋다고, 축하한다고 했다. 다음 날 모두 로징스의 저녁 식사에 초대를 받았다는 것이었다.

그날 내내, 그리고 그다음 날 아침에도 오로지 로징스 방문 건이 화제였다. 콜린스는 캐서린 부인이 정말 다정하고 자상한 분이라고 입에 침이 마르도록 칭찬을 해댔다.

날씨가 화창했기 때문에 그들은 기분 좋게 정원을 가로질러 채 1킬로미터가 안 되는 거리를 걸어서 갔다. 정원은 더없이 아름다워서 엘리자베스는 풍경을 마음껏 즐겼다. 그러나 콜린스 씨가 기대했던 만큼 황홀해하지는 않았다. 마리아는 매 순간 놀라는 표정이었고 윌리엄 경도 차분한 상태를 유지하지 못했다. 하지만 엘리자베스는 침착함을 잃지 않았다.

현관홀에 이르자 일행은 하인들의 안내를 받아 캐서린 부인과 그의 딸, 그리고 젠킨슨 부인이 있는 방으로 들어섰다. 귀부인이 친절한 미소를 띠며 자리에서 일어나자 샬럿이 일행을 그녀에게 소개했다. 세인트 제임스 궁에 가본 적이 있는 윌리엄 경도 화려하고 당당한 건물에 압도되어 겨우 몸을 굽혀 인사하고는 아무 말도 못 한 채 의자에 앉아 있었다. 그의 딸은 거의 정신이 다 나가, 시선을 어디에도 두지 못한 채 의자 끝에 간신히 엉덩이만 걸치고 있었다.

캐서린 부인은 키 크고 체격 좋은 여성이었다. 젊은 시절 미인 소리를 들었을 만하게 이목구비가 또렷했다. 하지만 그녀는 남들을 편하게 해주는 귀부인은 아니었다. 손님들에게 자신들의 낮은 신분을 끊임없이 상기시켜주는 인물이었다. 그녀는 무슨 말을 하든 권위적인 어조로 말을 했다.

엘리자베스는 그 얼굴이나 행동이 어딘가 다시 씨와 닮았음을 느꼈다. 그녀는 딸 쪽으로 시선을 돌렸다. 체격이며 생김새며 모녀간에는 닮은 점이 전혀 없었다. 이목구비가 못생긴 것은 아니었지만 창백하고 병약한 게 볼품이 없었다.

만찬은 대단히 훌륭했다. 요리가 나올 때마다 처음에는 콜린스가 이어서 윌리엄 경이 찬사를 보냈다. 윌리엄 경은 사위의 말을 거의 되뇌다시피 했다. 식사 후 거실로 돌아간 여성들은 캐서린 부인이 하는 이야기에 귀를 기울이는 것 외에는 별로 한 것이 없었다. 그녀는 단호한 태도로 쉬지 않고 이야기를 했다. 샬럿의 살림살이에 대해 묻고는 집안을 어떻게 꾸려나가야 하는지 온갖 충고를 해주었다.

그녀는 콜린스 부인과 이야기를 나누는 도중 틈틈이 엘리자베스에게 이것저것 질문을 던지기도 했다. 자매가 몇이며 혼담은 오가고 있느냐, 얼굴들은 예쁘냐, 교육은 어디서 받았느냐고 물었고 심지어 아버지 마차는 어떤 것이냐, 어머니의 처녀 시절 성이 무엇이냐 등등도 반복해서 물었다. 엘리자베스는 질문이 무례하다는 생각이 들었지만 차분하게 대답을 했다.

이런저런 질문과 대답 끝에 캐서린 부인이 엘리자베스에게 말했다.

"정말, 아가씨는 젊은 나이에도 똑 부러지게 자기 견해를 내놓는군. 도대체 몇 살이나 되었어요?"

"다 큰 여동생이 셋이나 있는 처녀가 자기 나이를 순순히 말씀드릴 거라고 생각하시나요?" 엘리자베스가 미소 지으며 대답했다.

캐서린 부인은 엘리자베스의 대답을 듣고 무척 놀란 것 같았다. '무례하긴 해도, 저 위엄 있는 부인에게 감히 장난하듯 대답한 건 내가 처음일 거야'라고 엘리자베스는 속으로 생각했다.

부인이 말했다.

"스무 살이 넘은 것 같지는 않은데, 그렇다면 나이를 감출 필요가 없는 것 아닌가?"

"아직 스물한 살은 안 되었습니다"라고 엘리자베스가 웃으며 대답했다.

　모두들 차를 마신 다음 카드놀이를 한 후 귀부인이 내준 마차를 타고 그들은 목사관으로 돌아왔다. 로징스에서 벗어나자마자 콜린스가 어땠냐고 물었다. 엘리자베스는 자신의 생각보다 훨씬 호의적으로 이야기해주었다. 샬럿을 생각해서였다. 사실 그 정도 칭찬하는 것도 엘리자베스로서는 힘든 일이었다. 하지만 콜린스는 그 정도로 만족할 수 없었다. 그는 자기 입으로 직접 듣고 싶던 이야기를 늘어놓기 시작했다. 귀부인에 대한 찬사였다.

　윌리엄 경은 1주일을 머문 후 집으로 떠났다. 그가 떠난 후 모든 식구들은 평소 자기 일상으로 돌아갔다. 엘리자베스로서는 천만다행이었다. 콜린스 씨의 얼굴을 마주할 시간이 줄었기 때문이다. 그는 아침 식사를 마치면 대부분의 시간을 정원을 돌보거나 자기 서재에서 책을 읽거나 글을 쓰면서 보냈다.

　콜린스 씨는 거의 매일 로징스에 갔고 귀부인이 가끔 영광스럽게도 목사관을 방문하기도 했다. 그리고 시시콜콜한 것까지도 충고하고 간섭했다. 그녀는 마치 이 교구의 치안판사 역을 맡고 있는 것 같았다. 교구의 세세한 모든 일이 콜린스를 통해 그녀에게 전달되었으며 무슨 분란이라도 있으면 그녀가 직접 해결해주기 위해 마을로 출동하곤 했던 것이다.

그들은 1주일에 두 번 정도 로징스에서 만찬을 즐겼다. 엘리자베스는 대체로 무척 편안하게 시간을 보냈다. 그렇게 보름 정도 아무 일 없이 평온하게 흘러갔다.

부활절이 다가오고 있었다. 엘리자베스는 부활절 1주일 전에 로징스에 귀부인의 친척이 오게 되었다는 소식을 콜린스에게서 들었다. 바로 다시 씨였다. 그녀는 그 사람이 정말 싫었다. 하지만 그가 오면 로징스에 새로운 볼거리가 생기리라는 것도 틀림없었다. 또한 다시 씨와 그의 사촌 간의 관계를 직접 보고, 빙리 양이 그를 사로잡으려는 계획이 얼마나 무모한가를 확인하는 것도 즐거운 일일 것이다. 캐서린 부인은 루커스 양과 엘리자베스가 다시 씨를 만난 적이 있으리라고는 짐작조차 못하고 그에 대한 최고의 칭찬을 늘어놓았다. 그녀들이 이미 그를 자주 만났었다는 이야기를 듣고 그녀는 거의 화가 난 표정을 지었다.

다시 씨가 도착했다는 소식이 목사관에 전해졌다. 다음 날 아침 콜린스는 문안 인사를 드리러 급히 로징스로 향했다. 그런데 그는 다시 한 명이 아니라 캐서린 부인의 조카 두 명에게 인사를 해야 했다. 다시 씨가 자기 삼촌의 차남인 피츠윌리엄 대령이라는 사람과 함께 온 것이었다. 그런데 콜린스가 돌아올 때 그와 함께 그 두 명이 함께 오는 것을 보고 모두 놀랐다. 샬럿이 엘리자베스에게 말했다.

"일라이자, 이분들은 네 덕분에 이렇게 예의를 갖춰서 우리를 방문하는 거야. 다시 씨가 나를 보러 이렇게 급히 올 리가 없거든."

엘리자베스가 그녀의 말에 반박할 겨를도 없이 세 명의 신사가 집 안으로 들어섰다. 앞장서서 들어온 피츠윌리엄 대령은 서른 살쯤 돼 보였으며, 미남은 아니었지만 모든 면에서 신사다운 사람이었다. 다시 씨는 이전 모습과 달라진 데가 하나도 없었다. 그는 침착한 표정으로 엘리자베스에게 인사했고 엘리자베스도 아무 말 없이 몸을 굽혀 인사만 했다.

피츠윌리엄 대령은 매우 유쾌하게 대화를 주도했다. 그러나 다시는 콜린스 부인에게 의례적으로 집과 정원에 대한 이야기만 간단히 인사치레로 건넨 후 아무 말 없이 앉아 있었다. 잠시 후 그가 예의를 차리려는 듯 엘리자베스 가족의 안부를 물었다. 그녀도 의례적으로 대답한 후 하고 싶은 이야기를 꺼냈다.

"언니가 요즘 석 달째 런던에 있어요. 혹시 언니를 보신 적 없으세요?"

물론 그녀는 그가 제인을 만난 적이 없다는 것을 잘 알고 있었다. 다만 빙리 자매와 제인 사이에 어떤 일이 있었는지를 그가 알고 있는지 궁금했던 것이다. 그는, 불행히도 베넷 양을 만나지 못했냐고 성중하게 대답했다. 하지만 엘리자베스는 그가 정중한 가운데 다소 당황한 것처럼 보인다고 생각했다. 그에 대한 이야기는 더 이상 이어지지 않았고 얼마 있다가 신사들은 떠났다.

그들이 오고 간 지 1주일 정도 되었을 때 콜린스 가족이 로징스에 초대를 받아 다녀온 것 외에는 별일 없이 시간이 흘렀다. 그곳에서 엘리자베스는 피아노를 연주했고 캐서린 부인의 시시콜콜한 충고를 견뎌야만 했다. 그녀와 다시 사이에는 의례적인 말만 몇 마디 오갔을 뿐 별다른 일은 없었다.

그런데 바로 그다음 날 엘리자베스가 제인에게 편지를 쓰고 있을 때였다. 콜린스 부인과 마리아는 마을로 일을 보러 가고 없어 그녀 혼자 집에 있었다. 갑자기 현관 벨이 울리는 소리가 들렸다. 마차 소리도 듣지 못했는데 누가 왔을까? 그녀는 혹시 캐서린 부인이 아닌가 해서 부랴부랴 편지를 치웠다. 그런데 문이 열리며 너무나 놀랍게 다시 씨가, 그것도 혼자서 방으로 들어서는 게 아닌가!

다시 씨도 집안에 그녀가 혼자인 것을 보고 무척 놀란 것 같았다. 그는 다른 분들도 모두 집에 계신 줄 알았다며 불쑥 찾아온 것을 사과했다.

둘 다 자리에 앉아 몇 마디 안부를 묻고 나니 어색한 침묵이 흘렀다. 뭔가 할 말을 찾아야만 했다. 엘리자베스는 하트퍼드셔에서 그를 마지막으로 보았을 때를 생각해내고는 용기를 내어 입을 열었다.

"다시 씨, 지난해에, 네더필드에 계시던 분들이 정말 갑자기 떠나가버리셨지요. 다들 잘 지내시지요?"

"다들 잘 지냅니다. 고맙습니다."

"빙리 씨는 네더필드로 다시 돌아올 생각이 없으신 모양이지요?"

"그런 말을 하지는 않았지만 앞으로 네더필드에서 지내게 될 것 같지는 않군요. 런던에서 계속 만날 사람, 할 일들이 많아서요."

이번에는 다시 씨가 화젯거리를 꺼냈다. 콜린스 부부에 관한 이야기였다. 그러다가 화제가 엘리자베스가 살고 있는 롱본에 대한 이야기로 이어졌다. 그런데 다시 씨의 이야기에 엘리자베스가 깜짝 놀랐다. 이야기 끝에 다시 씨가 "당신이 언제까지나 롱본에만 살 수는 없지 않은가요?"라고 말했던 것이다. 그녀는 그의 말뜻을 전혀 이해할 수 없었다.

얼마 후 샬럿과 그녀의 여동생이 산책을 끝내고 돌아왔다. 다시 씨는 몇 분 후 가버렸다. 그가 나가자마자 샬럿이 엘리자베스에게 말했다.

"그 사람이 찾아온 게 무슨 뜻이겠니? 일라이자, 그 사람이 널 사랑하는 게 틀림없어. 그렇지 않으면 우리 집에 찾아올 이유가 하나도 없어."

엘리자베스는 친구의 말을 웃어넘겼다. 그녀는 그가 별로 할 일이 없어서 온 것일 뿐이라고 생각했고 샬럿에게도 그렇게 말했다.

그날 이후 다시 씨는 주로 오전에 불쑥불쑥 목사관을 방문했다. 때로는 혼자였고 때로는 피츠윌리엄 대령과 함께였으며 간혹 캐서린 부인을 모시고 오기도 했다. 피츠윌리엄 대령이 혼자 오는 경우도 있었다. 엘리자베스는 피츠윌리엄 대령과 함께 있는 것이 즐거웠다. 그를 보면 예전에 좋아했던 위컴이 떠오르곤 했다. 매너 면에서는 위컴이 더 뛰어났지만 피츠윌리엄이 위컴보다 훨씬 박식했다.

이상한 것은 다시 씨였다. 그가 왜 목사관에 자주 오는지 그 이유를 알 수 없었다. 즐거워하는 것 같지도 않았고 예의상 몇 마디 말을 한 후 침묵만 지킬 뿐이었다. 피츠윌리엄 대령이 그에게 바보같이 왜 그러느냐는 이야기를 가끔 하는 것으로 보아 평소와 다르다는 것은 분명했다. 콜린스 부인은 바로 사랑 때문이며 그 대상이 일라이자라고 믿고 싶었기에 그의 눈길을 유심히 관찰했다. 하지만 별 소득이 없었다. 진심 어린 시선을 보내고 있는 것 같았지만 사모하는 시선인지 분명하지 않았고 때로는 그저 멍하니 있는 것 같았기 때문이다.

제3장

그 후 엘리자베스는 로징스의 장원을 산책하다가 다시 씨와 뜻하지 않게 몇 번인가 마주쳤다. 사람들이 자주 오지 않는 곳에서 그를 만나다니 참 재수도 없다고 엘리자베스는 생각했다. 그녀는 그곳이 자기가 좋아하는 산책로라고 일부러 그에게 알려주기까지 했다. 미리 알고 피하라는 뜻이었다. 그런데도 그를 그 산책로에서 다시 만난다는 게 정말 이상했다. 그것도 세 번씩이나! 그가 의도적으로 심술을 부리는 것 같았다. '아니면 스스로 고행을 감수하려는 건가, 도대체 뭐야?'라고 그녀는 생각했다.

그녀와 마주치게 되면 그는 형식적인 안부 인사만 전하고는 그냥 지나쳐버렸다. 그런데 세 번째 만났을 때는 제법 몇 마디 말을 했다. 하지만 헌스퍼드에서 지내는 게 즐거우냐, 혼자 산책하는 걸 좋아하느냐, 콜린스 씨 부부가 행복하다고 생각하느냐는 등 모두 별 의미 없는 질문들이었다.

그러던 어느 날 엘리자베스는 제인이 보내온 편지를 천천히 다시 읽으며 산책로를 걷고 있었다. 그런데 이번에는 다시 씨가 아니라 피츠윌리엄과 마주쳤다. 그녀는 편지를 얼른 치우고 억지로 미소를 지으며 인사했다. 그는 목사관을 방문하러 가는 길이라고 했다. 그들은 함께 목사관 쪽으로 걸었다.

"토요일에 이곳을 떠나신다고 했죠?"라고 그녀가 물었다.

"네, 다시가 출발을 연기하지 않는 한 그럴 겁니다."

그들은 이런저런 이야기를 나누었다. 그런데 이야기 끝에 빙리 씨의 이름이 나왔다. 엘리자베스가 말했다.

"다시 씨는 빙리 씨에게 굉장히 친절하지요. 그리고 그를 놀라울 정도로 잘 돌봐주고요."

그러자 피츠윌리엄이 대답했다.

"돌봐준다고요? 맞아요. 다시가 제게 어떤 친구 이야기를 했는데 그 사람이 빙리가 맞다면 잘 돌봐준 셈이지요."

"무슨 말씀이세요?"

"이곳으로 오기 전에 다시가 친한 친구를 구해준 이야기를 하더군요. 하지만 그 사람이 빙리라고 생각할 근거는 없으니 그에게 실례를 범하는 것일 수도 있어요. 순전히 제 추측이거든요. 다시도 그 이야기를 하는 걸 원치 않을 겁니다. 여자 집에서 알게 되면 아주 기분 나쁜 일일 겁니다."

"저는 절대 입을 다물 거예요."

"빙리 씨 이야기가 아니라 그냥 다시의 친구 한 명 이야기라고 생각하세요. 최근에 무척 경솔한 결혼을 해서 곤란해질 뻔한 친구를 구해주어 기쁘다고 하더군요. 이름이나 구체적 상황은 말을 안 해서 그냥 빙리일 거라고 짐작하고 있었지요. 빙리라면 그런 궁지에 빠지기 쉬운 젊은이로 보였고 그들이 지난여름 내내 함께 있었다는 것을 내가 알고 있었으니까요."

"다시 씨가 그 결혼을 막은 이유를 말하던가요?"

"글쎄요. 결혼을 심각하게 반대해야 할 이유가 그 여성에게 몇 가지 있었던 것 같습니다. 그 이상은 말해주지 않아 잘 모르겠습니다."

엘리자베스는 분노로 심장이 터질 것 같았다. 목사관에 도착하자 그녀는 자기 방에 틀어박혀 피츠윌리엄 대령에게서 들은 이야기를 되새겨보았다. 그녀는 빙리 씨와 제인을 떼어놓으려는 음모의 주동자가 빙리 양이라고 생각해왔다. 그런데 아니었다. 바로 그 사람, 다시가 원흉이었다. 제인이 겪었고 지금 겪고 있는 고통은 모두 다시의 자만과 변덕이 그 원인이었다. 자기가 그토록 혐오하는 그자가 세상에서 가장 사랑스러운 여인의 희망의 싹을 짓뭉개버린 것이다.

피츠윌리엄 대령은 '결혼을 심각하게 반대해야 할 이유가 그 여성에게 몇 가지 있었던 것 같습니다'라고 말했다. 그녀는 이모부가 시골 변호사이고 외삼촌이 런던에서 장사를 한다는 점이 바로 그 이유이리라고 생각했다.

'언니 본인에게는 그런 이유가 있을 리 없어. 얼마나 사랑스러운 여자인데! 아버지도 마찬가지야. 좀 괴팍하시긴 해도 무시할 수 없는 능력이 있고 또 점잖으시니까'라고 그녀는 생각했다. 어머니를 생각하니 자신감이 좀 꺾였다. '하지만 어머니가 결정적인 이유일 리는 없어. 자기 친구의 친척이 될 사람들의 신분이 낮기 때문일 거야. 자만심 때문이지. 그리고 빙리 씨를 자기 여동생 배필로 잡아두기 위해서야'라고 그녀는 결론을 내렸다.

머리를 너무 쓰다보니 두통이 생겼다. 게다가 다시 씨를 보고 싶지 않아 그날 로징스에서 차 약속이 있었지만 그녀는 가지 않았다.

엘리자베스는 홀로 남아 제인의 편지들을 다시 읽었다. 자세히 다시 읽으니 평소의 쾌활한 그녀의 문체가 아니었다. 모든 문장에 불안이 담겨 있었다. 그건 제인의 본모습이 아니었다. 엘리자베스에게는 다시 씨를 향한 증오심이 또다시 일었다. 그 사람이 이틀 후면 로징스를 떠날 거라고 생각하니 좀 위안이 되었다. 무엇보다 보름 후 제인을 만나 빙리의 마음이 변한 게 아니라는 소식을 전해줄 수 있다는 생각에 위안이 되었다. 그 소식을 전해주면 제인은 기운을 되찾으리라.

그녀가 혼자 그런 생각을 하고 있을 때였다. 벨 소리가 나서 엘리자베스는 깜짝 놀랐다. 모두 로징스에 있을 텐데 도대체 누구일까? 그런데 너무나 놀라운 일이었다. 다시 씨가 방으로 걸어 들어오고 있었던 것이다. 그는 허겁지겁 인사말을 던지더니 그냥 그녀가 잘 지내는지 알고 싶어 들렀다고 말했다. 그녀는 냉랭하게 인사말을 받았다. 그는 잠시 앉아 있더니 일어나 방 안을 서성였다. 그러나 둘 다 아무 말이 없었다. 그런데 그가 마치 무슨 결심이라도 한 듯 그녀에게 다가와 다짜고짜 말했다. 조금 흥분한 것 같기도 했다.

"아무리 노력해도 소용이 없군요. 정말로 내 감정을 억누를 수가 없습니다. 내가 당신을 얼마나 열렬히 사랑하는지 말하지 않고는 견딜 수가 없습니다."

엘리자베스의 놀라움을 어찌 말로 표현할 수가 있으랴! 그
녀는 설마 하는 표정으로 그를 바라보았다. 입이 떨어지지 않
았다. 그는 즉시 그녀를 향한 자신의 감정을 고백하기 시작했
다. 그는 말을 무척 잘했다. 애정보다는 자존심에 대해 말할 때
한결 웅변조가 되었다. 신분의 차이라는 장벽 때문에 분별력과
사랑이 충돌할 수밖에 없었던 사실도 열심히 설명했다. 그리고
정식으로 청혼한다고 말했다.

엘리자베스는 그에게 깊은 혐오감을 느끼고 있었지만 완전
히 무감각할 수는 없었다. 어쨌든 대단한 신분의 남자가 사랑
을 고백하고 청혼을 한 것이 아닌가! 그렇다고 그녀의 뜻이 당
장에 달라진 것은 아니었다. 자신이 거절하면서 그에게 줄 고
통을 생각하고 마음이 약간 아플 뿐이었다.

하지만 그의 마지막 말을 듣고 그 동정심은 분노에 파묻히고
말았다. 그는 아무리 애를 써봐도 자신의 사랑의 감정을 억누
르는 것은 불가능하다는 것을 깨달았다고 말했다. 그리고 그녀
가 자신의 청혼을 받아들임으로써 자신을 고통에서 구해주리
라고 믿는다고 말했다.

그녀는 그의 말에서 그녀가 당연히 그의 청혼을 받아들이리

라 확신하고 있음을 느끼고 있었다. 말로는 거절당할까봐 두려운 마음으로 청혼한다고 했지만 그의 얼굴에는 성공을 확신하는 표정이 담겨 있었다. 그 표정을 보고 그녀는 화가 치밀었다.

"이런 경우 청혼을 해주신 데 대해 감사의 말씀을 드리는 게 도리이겠지요. 감사하는 마음을 갖는 게 당연하겠지요. 하지만 그럴 수가 없군요. 저는 당신이 저를 좋아해주시길 원한 적이 없어요. 당신도 분명 마지못해 저를 좋아하신 거잖아요. 저 때문에 누군가가 고통을 겪는다면 그건 무척 안타까운 일입니다. 하지만 저는 그 고통에 대해 전혀 모르고 있었어요. 게다가 그 고통은 금방 사라질 것이 분명합니다. 당신이 청혼을 망설일 수밖에 없게 만들었던 제가 가진 조건들이 하나도 사라지지 않았으니까요. 그것들이 저에 대한 호감을 금방 씻어가게 해줄 거니까요."

다시 씨는 그녀의 얼굴에 시선을 고정한 채 벽난로 선반에 기대고 서 있었다. 그는 그녀의 말에 놀라기보다는 화가 난 것 같았다. 얼굴이 분노로 창백해졌고 혼란스러운 마음이 표정에 그대로 드러났다. 그는 침착해지려고 애썼다. 마침내 억지로 목소리를 가라앉히고 그가 말했다.

"이런 영광스러운 답변을 즉석에서 듣게 되다니! 예의를 갖추지도 않고 이렇게 즉석에서 거절해버리는 이유가 뭔지 물어도 될까요? 하긴 별로 중요한 건 아닙니다만."

"제가 오히려 묻고 싶어요. 당신의 의지와 성격에 맞지 않는 저를 좋아한다고 말씀하신 의도가 무엇인지요? 저를 기분 나쁘게 하고 모욕하려는 의도가 아닌가요? 제가 무례하게 거절했다고요? 당신이 그렇게 만드신 게 아닐까요? 설사 내가 당신에게 좋은 감정을 갖고 있었다고 쳐요. 하지만 당신은 내 사랑하는 언니의 행복을 망쳐버린 장본인인데 도대체 그런 남자의 청혼을 제가 받아들일 수 있다고 생각하시나요?"

다시 씨의 얼굴이 붉어졌다. 그러나 그것은 잠시였고 그녀가 말을 계속하자 귀를 기울였다.

"저는 당신을 좋게 생각할 수가 없어요. 그 두 사람을 떼어놓으면서 한 사람은 변덕쟁이라는 비난을 듣게 만들었고 또 한 사람은 헛된 꿈을 꾸었다는 조롱을 받게 만들었으니까요. 당신이 두 사람을 불행하게 만든 장본인이었다는 걸 감히 부인하지는 못하겠지요."

그녀는 말을 하면서 그의 표정을 살폈다. 그가 후회하는 빛을 전혀 보이지 않고 이야기를 듣는 것을 보고 그녀는 화가 치밀었다. 그는 심지어 미소를 지으며 그녀를 바라보기까지 했다.

"당신이 그런 일을 했다는 걸 부인하시겠다는 건가요?" 그녀가 반복해 말했다.

그러자 그가 침착하게 말했다.

"그래요, 그걸 부인하고 싶은 마음은 전혀 없습니다. 내 친구를 당신 언니에게서 떼어놓기 위해 할 수 있는 모든 일을 다했다는 것도 부인하고 싶지 않고, 뜻하던 대로 되어서 기뻤다는 것도 부인하지 않겠어요. 나 자신에게는 못 한 일을 그 친구에게는 베푼 거지요."

엘리자베스가 계속 말했다.

"제가 당신을 싫어하게 된 건, 그것 때문만이 아니에요. 그전에도 이미 당신을 혐오하고 있었어요. 몇 달 전에 위컴 씨가 해준 이야기에서 당신이 어떤 사람인가를 훤히 알게 되었어요. 그 행동은 어떻게 변명하실 건가요?"

"그 사람 일에 참으로 관심이 많으시군요."

"그가 겪은 불행을 아는 사람이라면 누구나 관심을 갖지 않을 수 없을 거예요."

"그가 겪은 불행이라! 그래요, 그는 정말 대단한 불행을 겪었지요!"

"당신이 그의 불행을 초래했잖아요."

엘리자베스는 위컴에게 들은 말을 그대로 전해주었다.

"그를 그렇게 만든 사람이면서 그가 겪은 불행 이야기가 나오니까 경멸과 조소를 보이다니!"

다시가 빠른 걸음으로 방을 가로지르며 말했다.

"나에 대한 당신의 생각이 그런 것이었군요. 좋아요. 그렇게 상세히 설명해주어서 고맙습니다. 당신 설명대로라면 내 잘못이 정말 엄청나군요. 하지만 이것도 아셔야 합니다. 내가 당신에게 감언이설로 아부를 하면서 내가 겪은 갈등을 숨기고 당신을 진정 순수하게 사랑할 뿐이라고 말했더라면 당신이 이렇게 화를 내지는 않을 수도 있었겠지요. 하지만 나는 어떤 식으로 건 자신의 속마음을 숨기는 걸 혐오합니다. 나는 당신에게 보여준 내 감정에 대해서 조금도 부끄럽게 생각하지 않습니다. 그 감정은 자연스럽고 올바른 것이기 때문이지요. 내가 당신 친척들의 열등한 신분을 반기리라고 생각했습니까? 사회적인 조건이 나와 너무 차이가 나는 친척들을 갖게 될 거라는 생각에 기뻐하며 박수라도 칠 것이라고 생각했습니까?"

엘리자베스는 점점 더 분노가 치밀어 올랐지만 최대한 침착하려 애쓰면서 말했다.

"다시 씨, 제발 착각하지 마세요. 당신이 좀 더 신사다운 모습으로 행동했다면 좀 더 미안한 마음으로 거절을 했겠지요. 하지만 그뿐이에요. 당신이 어떤 식으로 청혼을 했건 절대로 그 청혼을 받아들일 마음은 들지 않았을 겁니다."

그는 놀리는 게 역력했다. 그는 믿을 수 없다는 표정과 상처받은 표정이 뒤섞인 얼굴로 그녀를 바라보았다.

"당신을 처음 보았을 때부터 당신이 오만하며 다른 사람들의 감정을 무시하는 이기적인 사람이라는 확신이 들었어요. 제가 말씀드린 사건들은 제 확신을 혐오감으로 만들어준 것이고요. 당신을 알게 된 지 얼마 지나지 않아, 당신은 절대로 결혼하고 싶은 사람이 아니라고 나는 생각해왔으니까요."

"그만하면 됐습니다. 당신의 감정이 어떤 건지 충분히 알게 되었으니……. 이제 내가 당신을 향해 품었던 감정에 대해 부끄러워할 일만 남은 셈이군요. 당신의 시간을 너무 빼앗아서 미안합니다. 그럼 당신의 건강과 행복을 빌며 이만."

말을 마치자마자 그는 재빨리 방에서 나갔다. 그녀는 온몸에 힘이 빠져 털썩 주저앉아 반 시간 정도 소리 내어 울었다. 방금 전의 일을 되새겨보니 하나하나 놀라울 뿐이었다. 그가 몇 달 동안이나 자신을 사랑하고 있었다니! 그가 빙리 씨와 제인의 결혼을 막게 만든 그 모든 이유들, 그 만만찮은 반대 이유들에도 불구하고 자신에게 청혼할 정도로 나를 사랑하다니! 좀처럼 믿을 수 없었다. '하지만 그는 제인에게 한 일을 부끄러운 줄도 모르고 털어놓았어. 위컴 씨에게 한 짓도 부인하지 않았어'라고 그녀는 생각하며 잠시 고개를 들었던 동정심을 억눌러버렸다.

엘리자베스는 밤에 아무도 만나지 않고 혼자 자기 방에 있다가 잠자리에 들었다. 다음 날 잠에서 깨어나서도 그녀는 여전히 똑같은 생각에 사로잡혀 있었다. 아침 식사를 하자마자 그녀는 미리를 식히려고 산책을 했다. 그런데 늘 가던 산책로에서 그녀는 다시 씨를 만나 깜짝 놀랐다. 그는 그녀에게 재빨리 다가오더니 편지를 한 통 내밀었다. 그녀는 얼떨결에 편지를 받고 말았다. 그는 침착한 표정으로 "혹시 당신을 만날 수 있지 않을까 해서 숲속을 잠시 걷고 있었습니다. 편지를 읽는 영광을 베풀어주시지 않으시겠습니까?"라고 말했다. 그런 후 그는 약간 몸을 굽혀 인사한 후 돌아섰다. 이내 그의 모습은 사라졌다.

그녀는 호기심에 편지를 열어보았다. 봉투 안에는 매우 꼼꼼한 필체로 빽빽하게 쓴 두 장의 편지가 들어 있었다. 샛길을 따라 걸으면서 그녀는 편지를 읽기 시작했다. 로징스에서 아침 8시에 썼다고 적혀 있는 그 편지의 내용은 다음과 같았다.

이 편지를 받고 다시 청혼을 해서 당신을 괴롭히는 내용이 담겨 있지 않을까 걱정하지 않으셔도 됩니다. 우리 두 사람 모두의 행복을 위해 빨리 잊어버릴수록 좋은 제 소망을 질질 끌지 않으려는 뜻에서 쓰는 편지입니다. 편지를 읽고 올바른 판단을 해주시기 바랍니다.

당신은 어젯밤 제가 저지른 두 가지 과오에 대해 저를 탓하셨습니다. 두 과오의 성격도 무척 다르고 중요성 면에서도 매우 차이가 나는 것들이었습니다.

첫 번째 것은 당사자 두 사람의 감정에 대한 배려도 없이 빙리 씨를 당신 언니에게서 떼어냈다는 것이었고 두 번째 것은 내가 위컴 씨의 당연한 권리를 무시하고 그의 재산도 빼앗았으며 미래도 망쳐놓았다는 것이었지요. 젊은 시절 나의 벗이었고 부친께서 가장 아끼셨으며, 내 후원 외에는 기댈 곳도 없는 청년에게 그런 식으로 악행을 저질렀다는 것은 정말로 비난받아 마땅한 짓이겠지요.

변명을 하고자 하는 게 아닙니다. 내 성격 그대로 내 생각을 그대로 보여드리겠습니다. 그 내용 중에 혹시 당신을 불쾌하게 만들 감정이나 생각이 들어 있더라도 미안하다는 말씀 외에는 드릴 말씀이 없습니다. 하지만 할 말은 해야겠고 우스꽝스러운 사과는 하지 않겠습니다.

하트퍼드셔에 간 지 얼마 안 되어 나는 빙리가 당신 언니를 그 누구보다 좋아한다는 것을 알게 되었습니다. 무도회 때 나는 그가 진지한 애정을 느끼고 있는 것을 알았습니다. 나는 그가 사랑에 빠지는 것을 전에도 종종 보아서 잘 알 수 있었습니다. 루커스 경이 무도회에서 둘이 곧 결혼할 것이라고 내게 말해주더군요. 나는 내 친구의 행동을 자세히 살펴보았습니다. 그리고 베넷 양을 향한 내 친구의 애정이 이전 그 누구를 향한 애정과는 비교도 안 될 만큼 크다는 것을 알았습니다.

나는 당신의 언니도 지켜보았습니다. 그런데 그녀의 표정과 태도에는 아무런 변화도 없었습니다. 보통 때처럼 솔직하고 쾌활하고 매력적이었을 뿐 빙리 씨를 열렬히 사랑한다는 징표는 찾을 수 없었습니다. 나는 그녀가 그의 애정을 감사하게 생각하고 받아들일 준비는 되어 있지만 빙리에게 어떤 특별한 감정을 가진 것은 아니라고 확신했습니다. 이 점에서 당신이 잘못 본 게 아니라면 틀림없이 내가 착각한 거겠지요. 당신이 나보다 언니를 더 잘 알 테니 내가 착각한 게 맞습니다. 그리고 내가 착각해서 당신 언니에게 고통을 안겼다면 당신이 분노하는 것은 너무나 당연합니다. 하지만 나는 당신 언니의 표정과 태도가 하도 차분해서 마음을 쉽게 주는 사람이 아니라고 결론 내렸던 것입니다. 다시 강조하지만 나는 객관적이고자 애를 썼습니다. 무슨 선입관으로 그녀를 바라본 것은 절대 아닙니다.

내가 친구의 결혼에 반대한 이유는 내가 당신에게 청혼하기 전에 나를 망설이게 만들었던 것과는 다릅니다. 내 친구의 경우는 집안 친척의 신분이 낮다는 것이 그다지 문제가 되지 않습니다. 이유는 따로 있었으며 그것은 내게도 공통된 문제로서 내가 잊으려고 애를 쓴 문제이기도 합니다. 이것에 대해서는 짧게나마 정확하게 말씀드려야겠습니다.

당신 어머니 쪽의 낮은 가문 문제는 주저할 요인은 되지만 그래도 그냥 넘어갈 수 있습니다. 당신 어머니와 세 동생들에게서 너무 자주 드러나는, 철저하게 예의범절을 무시하는 태도에 비한다면 말입니다. 용서하십시오. 당신이 너무 불쾌해할 것 같아 나도 괴롭습니다. 하지만 당신에게 위안이 될 만한 말씀도 해야겠습니다. 당신과 당신 언니의 처신은 정말 훌륭했습니다. 두 분의 분별력과 성품은 두 분을 빛나게 했습니다. 두 분이 사람들에게서 늘 찬사를 받는 것은 당연합니다.

그날 밤 무도회에서 본 당신 어머니와 자매들 모습을 보고 나는 불행한 결혼으로부터 친구를 구해야겠다는 생각을 확고하게 했습니다. 당신의 기억대로 빙리는 그다음 날 다시 돌아올 생각으로 런던으로 갔습니다. 이제 내가 무슨 역할을 맡아 했는지 설명해야겠군요. 그의 여동생들도 나만큼 염려를 하고 있었고 우연히 나와 생각이 같다는 걸 알게 되었습니다. 우리는 당신 언니와 빙리 사이를 떼어놓아야겠다고 생각하고 다음 날 서둘러 런던으로 갔습니다. 나는 열심히 빙리 씨를 설득하는 역할을 맡았습니다. 당신 언니가 무심해 보인다는 내 생각에 그가 동의하지 않았더라면 내가 아무리 말려도 그 결혼을 막을 수는 없었을 겁니다. 빙리는 무척 겸손한 사람입니다. 그는 자신의 판단보다 내 판단을 더 중시합니다. 그는 그 혼자 열을 내고 있다, 그녀가 그를 마찬가지로 사랑하고 있다고 생각한다면 그건 착각이다, 라는 내 설득에 쉽게 넘어갔습니다.

일을 그렇게까지 만든 데 대해 잘못했다고 생각해본 적은 단 한 번도 없습니다. 다만, 나 자신의 행동에 대해 마음에 들지 않는 게 한 가지 있습니다. 당신 언니가 런던에 온 것을 알고도 그에게 감추는 술책을 부린 점입니다. 그의 애정이 완전히 꺼진 것 같지 않아, 둘을 만나게 하면 다시 위험한 일이 벌어질 것 같았기 때문입니다. 이렇게 무언가 감추는 술책을 벌이는 일은 내게 어울리지 않는 상스러운 일이었습니다. 하지만 나로서는 최선을 다한 결과였습니다. 이 문제에 대해서는 더 드릴 말씀이 없고 사과드릴 것도 없습니다. 내가 당신 언니의 마음을 아프게 했다면 그건 나도 모르고 한 일입니다.

다음 위컴 씨에 대해 말씀드리지요. 그에게 해를 끼쳤다는 당신의 비난에 대해서는 그가 우리 가족과 어떤 관계였는지 당신에게 모두 밝히는 것으로 반박에 대신하렵니다. 위컴 씨의 부친은 무척 점잖은 분이었습니다. 그의 부친은 오랫동안 펨벌리의 운영을 맡았고 누구에게나 훌륭한 모범이 되었습니다. 나의 선친께서는 그의 공을 갚기 위해 조지 위컴의 대부도 되셨고 그를 학교에도 보내셨습니다. 나중에는 케임브리지에서 공부할 수 있게도 해 주셨지요.

그를 좋아하신 선친은 그가 목사가 되기를 바라셨고 성직을 주어 교회를 맡길 생각이셨습니다. 하지만 내 눈에는 그의 다른 모습들이 눈에 띄기 시작했습니다. 비슷한 또래의 젊은이에게는 본모습을 감추기 어려운 법이니까요. 그는 사악한 성품을 지니고 있었고 자신을 아끼는 사람을 속이는 나쁜 면이 있었습니다. 이런 말을 들으면 당신이 또 힘들어하겠군요. 하지만 용기를 내서 밝히겠습니다.

내 선친께서는 5년 전에 돌아가셨는데 여전히 그를 신뢰하시고 그가 서품을 받으면 자리가 나는 대로 제일 좋은 교구를 하사하라는 유언을 남기셨습니다. 또한 1,000파운드의 유산도 그의 앞으로 남기셨습니다. 위컴의 부친도 나의 선친보다는 그다지 오래 살지 못했습니다. 위컴은 부친이 돌아간 후 반년도 안 되어 서품을 받지 않겠다고 내게 알렸습니다. 어차피 큰 혜택이 없는 성직보다는 법을 공부하겠다고 했습니다. 1,000파운드의 이자로는 공부하기에 모자라다고 하더군요.

나는 그가 성직에 걸맞은 사람이라고 생각하지 않았기에 그 말이 진심이기를 바랐습니다. 그는 성직을 받을 수 있는 입장이 되더라도 모든 권리를 포기하겠다고 했고 그 대가로 3,000파운드를 가져갔습니다. 그걸로 우리 사이의 인연은 끝난 것으로 생각했습니다.

하지만 법을 공부한다는 건 핑계였고 게으르고 방탕한 생활을 했습니다. 주로 런던에서 살았던 것 같습니다. 한 3년간 그의 소식을 전혀 듣지 못했는데 그사이 원래 그에게 주기로 했던 교구의 목사가 사망했습니다. 그런데 그가 내게 다시 편지를 보내 다시 성직을 달라고 요청하더군요. 내가 그런 요구를 거절했다고, 아무리 부탁을 해도 내가 끄덕도 하지 않았다고 해서 나를 비난할 수 있는 사람은 없을 것입니다. 그 후 그는 맹렬하게 나를 비난하고 다녔지요. 그런 후 그와의 관계는 모두 끊어졌습니다. 그런데 지난여름 그가 다시 내 앞에 나타났습니다. 이제부터는 정말 남에게 털어놓기 어려운 비밀, 나 스스로도 잊으려 애쓰는 비밀을 털어놓겠습니다. 물론 당신이 비밀을 지켜주시리라 믿습니다.

나의 여동생은 나보다 열 살 아래인데 나와 피츠윌리엄

대령이 후견인으로 되어 있습니다. 한 해 전쯤 여동생이 런던에서 집을 구해 머물던 적이 있습니다. 그리고 지난 여름 여동생은 그녀의 가정교사 역할을 하던 영 부인과 함께 램즈게이트로 가게 되었습니다. 그런데 그 뒤를 위컴이 쫓아간 것입니다. 나중에 알고 보니 영 부인과 위컴은 서로 알고 있던 사이로서 둘이 미리 짰던 것입니다.

위컴은 곧바로 내 동생 조지아나를 유혹했습니다. 그 결과 조지아나는 위컴과 야반도주하기로 약속하기에 이르렀습니다. 조지아나의 나이가 겨우 열다섯이었으니 어린 나이라는 게 그 애에게 변명이 될 수 있겠지요. 그런데 그들이 야반도주하기 이틀 전 내가 우연히 램즈게이트에 가게 되었습니다. 조지아나는 거의 아버지처럼 존경하는 오빠를 속인다는 게 견딜 수 없어 제게 모든 걸 털어놓았습니다. 그 말을 듣고 내 기분이 어땠는지, 내가 어떤 행동을 했을지는 말씀 안 드려도 아실 것입니다. 나는 내가 오자마자 그곳을 도망치듯 떠난 위컴에게 엄중한 경고의 편지를 썼고 영 부인은 해고해버렸습니다. 물론 내 동생과 집안의 명예를 위해 모든 것을 비밀로 했습니다. 그래서 아무도 위컴이 그런 짓을 했다는 것을 모르고 있습니

다. 위컴의 목적은 3만 파운드에 이르는 내 동생의 재산
이었고 나를 향한 복수도 동기였을 겁니다.

베넷 양, 이것이 우리가 연관되어 있던 모든 사건의 진실
입니다. 위컴이 당신을 어떻게 기만했는지 알 수는 없지
만 당신을 속이는 데 성공했다고 해서 그다지 놀랍지는
않습니다. 당신은 양쪽에 관련된 일을 전혀 모르고 있는
데다 남을 의심하는 성향도 없으니까요. 아직도 나를 의
심하신다면 피츠윌리엄 대령의 말을 들어보라고 말씀드
릴 수 있습니다. 그는 내 선친의 「유언장」을 집행한 사람
으로서 이 사건의 전말을 다 잘 알고 있습니다. 당신이
그에게 문의해볼 수 있도록 이 편지를 오전 중에 당신에
게 전달하도록 애쓰겠습니다. 마지막으로 신의 축복이
함께하기를 바랍니다.

피츠윌리엄 다시 씀

엘리자베스는 그의 편지를 읽으면서 계속 화가 치밀었다. 언
니가 무심하다고 믿었다는 대목을 읽으면서 그녀는 다시 씨가
거짓말을 하며 둘러대고 있다고 생각했다. 결혼에 반대한 진짜
이유를 읽을 때는 너무도 화가 나서 손이 떨릴 지경이었다. 게

다가 그는 자신의 잘못을 반성하지 않고 오히려 당당하기만 했다. 그의 편지에는 온통 자만심이 넘치고 있었다.

하지만 위컴에 대한 내용을 읽으면서 그녀의 마음이 흔들렸다. 아무리 보아도 다시 씨의 이야기가 모두 옳은 것을 부인할 수 없었다. 그만큼 모든 정황이 일치했던 것이다. 특히 위컴 씨의 방종과 방탕은 그녀를 극도의 충격으로 몰아넣었다. 다시 씨의 지적이 부당하다는 증거를 하나도 내놓을 수 없었기에 그녀의 충격은 더 컸다. 위컴이 군에 들어오기 전까지 그의 행적에 대해서는 그의 입을 통해 한마디도 들은 게 없었다. 심지어 그녀는 물어볼 생각조차 하지 않았다. 그의 용모와 목소리, 태도를 보고 아예 그를 온갖 미덕을 다 갖춘 인물로 간주해버린 것이었다.

그녀는 처음에는 피츠윌리엄 대령에게 물어보고 진위를 밝힐까 하는 생각도 했다. 하지만 곧 포기했다. 어색하기도 했거니와, 다시 씨가 자신이 있지 않았다면 위험을 무릅쓰고 그런 제안을 하지는 않았으리라는 생각에 마음을 접었다. 그리고 위컴의 모든 행동과 말들, 특히 킹 양과의 관계도 전혀 다른 각도에서 보이기 시작했다. 그리고 빙리 씨가 한결같이 다시 씨를 칭찬하고 옹호했던 것들에 대해서도 다시 생각해보기 시작했다.

그의 태도가 오만하고 혐오감을 주긴 했지만, 그가 도덕성이 결여되었거나 옳지 못한 행동을 하는 건 한 번도 본 적이 없었다. 그는 친척들에게서 존경받고 존중받고 있었으며 심지어 그의 험남을 서슴지 않던 위컴까지도 오빠로서의 그의 장점을 인정했었다. 더욱이 그가 위컴에게 그런 야비한 짓을 했다면 세상 사람들이 모를 리 없으며, 그런 행동을 저지를 수 있는 사람과 선량하기 그지없는 빙리 씨 같은 사람 사이에 우정이 생길 수 없다는 점 등을 고려할 때 그녀는 위컴이 거짓말을 했으며 다시 씨가 옳다는 것을 인정하지 않을 수 없었다.

그녀는 자신이 너무 부끄러웠다. 다시 씨나 위컴을 생각할 때마다 자신이 맹목적이고 편파적이었으며 편견에 사로잡혀 있었고 불합리했었다는 것을 절실히 느낄 수밖에 없었다. 그녀는 스스로를 실컷 꾸짖었다.

'내가 얼마나 바보 같은 짓을 한 거지! 판단력이 뛰어나다고 그토록 자랑스럽게 여기던 내가! 나는 남을 못 믿는 비난받을 내 성격을 자랑하며 내 허영심이나 채웠던 거야. 아아, 정말 부끄러워. 내가 사랑에 빠졌더라도 이보다 더 비참하게 맹목적일 수는 없었을 거야. 나는 사랑이 아니라 허영이라는 어리석음에 빠졌던 거야. 겉으로 보이는 호감에 우쭐해하고 나를 무시하는

듯한 태도에는 화를 내면서 편견에 빠졌던 거야. 나는 지금 이 순간까지도 나를 전혀 모르고 있었어.'

그녀는 편지를 다시 읽었다. 두 번째 꼼꼼히 읽어보니 처음 막 읽었을 때와는 너무 달랐다. 위컴에 대한 그의 이야기를 모두 믿을 수 있게 되었는데 어찌 다른 이야기를 믿을 수 없단 말인가! 그는 빙리 씨를 향한 제인의 애정을 전혀 눈치채지 못했다고 썼다. 그녀는 그 말을 믿을 수밖에 없었다. 제인은 아무리 열렬한 감정이라도 좀처럼 그것을 밖으로 드러내지 않으며, 어떤 경우에도 항상 만족한 것 같은 즐거운 표정을 하고 있지 않은가! 그리고 그녀의 그런 성격은 엘리자베스 자신이 누구보다 잘 알고 있지 않은가!

자기 가족에 대한 비난을 다시 읽었을 때 엘리자베스는 극도의 수치심을 느꼈다. 그의 말이 틀리진 않았다. 그녀와 언니에 대한 칭찬으로 조금 위안이 되긴 했지만 그 수치심을 씻기에는 역부족이었다. 제인이 실연당한 게 사실은 가족 때문이라는 것, 자신과 제인 두 사람의 명예가 가족들 때문에 훼손될 게 뻔하다는 생각에 그녀는 더할 나위 없이 우울해졌다.

그녀는 생각에 빠져 두 시간 이상 샛길을 이리저리 돌아다닌 후에 마침내 집으로 돌아섰다. 그런데 자기가 없는 동안 로징스의 두 신사가 따로따로 찾아왔었나는 이야기를 들었다. 다시 씨는 몇 분 있다가 돌아갔지만 피츠윌리엄 대령은 한 시간가량 그녀를 기다리고 있었다는 것이다. 엘리자베스는 그를 못 만난 것을 아쉬워하는 척했지만 사실은 못 만난 게 다행이라고 생각했다. 그녀는 이제 피츠윌리엄 대령에게는 아무 관심이 없었다. 그녀의 생각은 오로지 다시 씨의 편지에 사로잡혀 있었다.

제4장

다음 날 다시와 피츠윌리엄 두 신사는 로징스를 떠났다. 콜린스가 로징스 입구의 작은 집들 근처까지 그들을 배웅했다. 그런 후 그는 캐서린 부인과 그의 딸을 위로하기 위해 로징스로 갔으며, 귀부인이 그들을 저녁 식사에 초대했다는 메시지를 가지고 목사관으로 돌아왔다.

엘리자베스는 캐서린 부인을 보자 만일 자신이 다시 씨의 청혼을 받아들였더라면 지금쯤 다시 씨가 자신을 미래의 조카며느리라고 부인에게 소개했을지도 모른다는 생각을 하지 않을 수 없었다. 그리고 귀부인이 얼마나 화를 냈을까 생각하니 저절로 미소가 떠올랐다.

이야기 끝에 엘리자베스가 다음 토요일에는 돌아가야 한다는 사실이 화제에 올랐다. 그러자 귀부인이 말했다.

"아니, 그렇다면 여기서 6주밖에 못 지내는 셈이네. 난 두 달은 머물 거라고 생각했는데……. 어머니에게 연락해서 두 주 정도 더 머물고 싶다고 해요."

"하지만 아버지가 빨리 돌아오라는 편지를 보내셨어요."

캐서린 부인은 몇 번 더 권하다가 그만두었다. 그리고 그들의 여행에 대해 이것저것 시시콜콜하게 물어보고 충고하고 챙겨주었다. 하지만 엘리자베스의 생각은 여전히 편지에 쏠려 있었다.

그녀는 다시 씨의 편지를 하도 여러 번 읽어서 이제는 다 외울 정도가 되었다. 그녀는 편지의 문장들을 하나하나 곰곰이 따져보았다. 그러면 그럴수록 다시 씨에 대한 감정이 달라졌다. 그의 말투에는 여전히 화가 났지만 자신이 부당하게 그를 단죄하고 비난했다는 생각이 그녀를 사로잡았다. 그러자 그를 향했던 분노가 자기 자신을 향했다. 그녀는 그가 얼마나 실망했을까 생각하며 그에게 연민을 느끼기 시작했다. 자신에게 애정을 느낀 그에 대해 감사의 마음이 들기 시작했으며 그의 인격에 대해 존경하는 마음도 생겼다. 하지만 그를 받아들일 마음은 없었다. 그를 거절했던 일을 잠시라도 후회하지 않았고, 그

제2부

141

를 다시 만나고 싶은 마음은 추호도 없었다.

한편 그녀는 제인에 대해 걱정하기 시작했다. 다시 씨의 이야기를 듣고 나니 빙리 씨에 대해 품었던 이전의 좋은 감정이 되돌아왔고, 이런 남성을 제인이 놓치다니 하는 안타까움이 더해졌다. 그가 진지하게 제인을 사랑했다는 것이 밝혀졌다. 다만 그가 너무 맹목적으로 친구를 신뢰한다는 점이 문제였을 뿐 그의 행동에는 비난할 만한 점이 전혀 없었다. 제인에게 행복을 약속해줄 수 있는 그 좋은 자리를 오로지 가족들의 어리석음과 무례함 때문에 빼앗기고 만 것이라고 생각하니 너무 가슴이 아팠다.

마침내 떠날 준비가 되었다. 샬럿과 애정 어린 작별 인사를 나눈 후 엘리자베스와 마리아는 콜린스의 배웅을 받으며 마차에 올랐다. 마차가 출발하자 마리아가 말했다.

"세상에! 여기 정말 잠깐 있었던 것 같은데 너무나 많은 일이 일어났어."

"그래, 정말 많은 일이 일어났지." 엘리자베스가 한숨을 내쉬며 말했다.

"로징스에서 식사를 아홉 번이나 했고 차도 두 번이나 마셨어요. 할 말이 너무나 많을 거야"라고 마리아가 말했다. 그러자 엘리자베스가 혼잣말처럼 중얼거렸다.

'나는 감추어야만 되는 이야기가 너무 많아.'

헌스퍼드를 떠난 지 네 시간도 안 되어 그들은 가디너 씨 집에 도착했다. 제인은 건강해 보였다. 엘리자베스는 다시 씨가 자기에게 청혼했던 일을 이야기해주고 싶은 것을 겨우 참았다. 둘만의 시간을 내기가 힘들었기 때문이다.

그곳에서 며칠 머문 후 세 여성은 드디어 하트퍼드셔를 향해 출발했다. 때는 화창한 5월이었다. 집에 도착하자 모두 따뜻하게 맞아주었다. 베넷 부인은 제인이 여전히 아름다운 것을 보고 기뻐했고 베넷 씨는 식사하는 동안 여러 번 엘리자베스에게 "리지야, 돌아와서 기쁘다"고 말했다. 리디아는 위컴과 메리 킹의 결혼 약속이 깨졌다는 소식을 전하며, 둘이 타지에 나가 있는 동안 애인은 구했냐는 둥, 제인이 벌써 스물 셋이니 노처녀가 아니냐는 둥 떠들어댔다. 그리고 메리턴에 주둔하던 부대가 곧 브라이튼 부근으로 떠날 거라고 말하면서, 여름에 엄마랑 브라이튼에 가보면 좋겠다고 아버지 눈치를 보며 말했다.

다음 날 아침 엘리자베스는 제인에게 다시 씨가 자신에게 청혼했던 이야기를 해주었고 그때 오간 이야기들도 다 해주었다. 물론 제인과 관련된 구체적인 이야기는 쏙 빼놓았다. 제인은 처음에는 놀랐지만 엘리자베스가 사랑받는 건 너무 당연한 일이라고 여기고 금방 평온을 되찾았다. 그리고 다시 씨의 사랑 고백 태도를 안타깝게 생각하면서도 그가 거절받고 마음이 아팠을 거라며 슬퍼했다.

"자기가 틀림없이 성공하리라고 자신했던 건 잘못이야"라고 제인이 말했다. "하지만 그 때문에 더 실망이 컸겠지."

그러자 엘리자베스가 대답했다.

"맞아. 진심으로 그 사람이 안됐어. 하지만 내 생각은 금방 떨쳐버릴 거야. 다른 중요한 일들이 많으니까. 그런데 언니, 언니는 내가 그 사람 청혼을 거절했다고 해서 날 비난하는 건 아니지? 내가 너무 열 내서 위컴 이야기를 한 것 같지 않아?"

"네 얘기에선 네가 잘못한 게 없는 것 같은데…… . 난 잘 모르겠어."

"하지만 다음 날 무슨 일이 있었는지 들어보면 내가 얼마나 잘못했는지 알게 될 거야."

엘리자베스는 다시 씨가 보낸 편지 이야기와 함께 위컴에 관한 이야기를 해주었다. 제인은 충격을 받았다. 그녀는 이 세상에 사악한 사람이 있다는 것은 모르는 채 한세상 살아가고 싶어 하는 사람이었다. 다시 씨가 나쁜 사람이 아닌 것이 밝혀진 것은 고마운 일이었지만 위컴이 사악한 사람이라는 사실에 대해서는 가슴 아파했나.

"위컴이 그렇게 나쁜 사람이라니 정말 믿기 어려워. 가엾은 다시 씨! 리지야, 그 사람이 얼마나 괴로워했을지 생각해봐. 청혼을 거절당했지, 네가 그를 얼마나 나쁘게 생각했는지 알게 됐지, 게다가 자기 여동생 일도 너한테 털어놓아야 했으니! 정말 가슴 아프다. 너도 그렇지?"

"아냐, 언니가 그렇게 가슴 아파하니까 나는 오히려 덤덤해지네. 언니가 너무 감성이 풍부하니까 내 것은 아끼게 되나봐."

그 외에도 둘은 위컴이 그런 사람이라는 걸 사람들에게 알려야 할지에 대해 이야기를 나누었다. 결론은 그냥 묻어두자는 것이었다. 사람들이 그 사실을 믿게 만들기 어렵다는 게 엘리자베스의 의견이었다.

엘리자베스는 제인과 대화를 나누면서 혼란스럽던 마음이 어느 정도 가라앉는 기분이었다. 하지만 엘리자베스는 빙리 씨가 제인을 얼마나 진지하게 사랑했는지에 대해서는 제인에게 말해주지 않았다. 둘 사이의 사랑의 문제는 제3자가 나서서 설명하거나 함께 나눌 수 있는 것이 아니라고 생각했기 때문이었다. 당사자끼리만 완전한 이해가 가능하다고 생각했기 때문이었다. 그녀는 생각했다.

'그 이야기는 빙리 씨 입을 통해 언니에게 직접 전달돼야 해. 내게는 그 말을 전할 권리도 없고 자유도 없어.'

엘리자베스는 제인과 함께 집에서 지내게 되자 언니의 기분이 어떤지 자세하게 관찰할 수 있었다. 제인은 행복하지 않았다. 그녀는 여전히 빙리에게 애잔한 정을 품고 있었다. 전에는 그 누구에게도 그런 정을 품어본 적이 없었기에 말 그대로 첫사랑이었다. 그리고 제인의 성격이나 나이 덕분에 정말 변치 않는 한결같은 첫사랑이었다.

그들이 돌아온 지 금방 한 주가 지나갔다. 부대는 메리턴에 한 주만 더 머물고 떠나갈 예정이라서 젊은 여성들은 모두 침울해 있었다. 특히 키티와 리디아가 너무 속상해했다. 그녀들의 다정한 어머니는 그녀들의 슬픔을 이해하고 공감했다. 25년 전 자신도 똑같은 일을 겪고 견뎌야 했던 걸 기억해낸 것이다.

키티와 리디아는 어머니와 어울려 부대가 옮겨 가는 브라이튼에 갈 수 있다면 얼마나 좋을까, 거기 바닷물에 몸을 담그면 기운이 날 텐데, 하며 떠들어댔다. 엘리자베스는 웃어넘기려 했지만 수치심이 밀려드는 걸 어쩔 수 없었다. 그녀는 다시 씨의 반대가 정당했음을 어머니와 동생들의 모습에서 새삼 느끼고 있었다. 그리고 그가 친구의 일에 끼어들어 간섭했던 일을 용서해주고 싶은 마음이 저절로 들었다.

그런데 리디아에게는 기적 같은 일이 벌어졌다. 포스터 대령 부인이 그녀에게 브라이튼으로 함께 가자고 초대를 한 것이다. 그녀는 젊은 여성으로서 리디아와 친하게 지내고 있었다. 엘리자베스는 리디아가 무슨 일을 저지를지 모르니 보내지 말자고 아버지에게 간절하게 말했다. 그 애 때문에 가족 전체가 비웃음을 사는 일이 벌어질 수도 있고, 자신과 제인도 그 피해를 입을 수 있다고 용기를 내어 말했다. 그러자 베넷 씨가 다정하게 엘리자베스의 손을 잡으며 말했다.

"얘야, 너무 불안해할 것 없다. 너와 제인은 어디에 가든 틀림없이 존중받을 거다. 너희에게 어리석은 여동생이 셋 있다고 해서 큰 불이익을 당하지는 않을 거다. 리디아를 못 가게 하면 오히려 여기가 평화롭지 못할 거다. 포스터 대령은 분별력이 있는 사람이니 리디아가 정말로 험한 일을 겪게 내버려두지는 않을 거다. 게다가 브라이튼은 여기보다 큰 곳이야. 여자들이 많아. 리디아가 브라이튼에 가서 자기가 보잘것없다는 걸 배우길 빌자. 만약의 경우 그 애가 무슨 일을 당하면 그 애를 평생 가둬둘 수 있는 구실이 생기는 거지."

엘리자베스는 아버지의 대답에 만족하는 수밖에 없었다. 부대가 떠나기 전 날 리디아는 롱본에 저녁 식사하러 와 있던 포스터 부인과 함께 메리턴으로 갔고 다음 날 아침 일찍 부대와 함께 브라이튼으로 출발했다.

한 가지만 덧붙이자. 롱본으로 돌아온 후 엘리자베스는 위컴과 여러 번 자리를 함께 했다. 어쩔 수 없는 일이었다. 그녀는 전에 호감을 느꼈던 그의 태도에서 가식을 발견할 수 있었고 혐오감을 느꼈다. 그녀는 자신이 경박한 희롱의 대상이었던 것을 알고 그에 대한 관심을 아예 끊어버렸다. 위컴도 부대와 함께 떠났다.

엘리자베스는 아버지를 존경하고 있었다. 하지만 그녀에게 자기 가정은 별로 유쾌하고 모범적인 곳이 아니었다.

일반적으로 젊고 아름다운 여성은 성격도 좋아 보이는 법인 모양이다. 엘리자베스의 아버지는 그녀의 어머니가 젊고 아름다운데다, 성격도 좋아 보여 금방 반해버렸다. 하지만 결국 분별력이 없는데다 속도 좁은 여성과 결혼한 셈이 되고 말았다. 그는 결혼한 지 얼마 되지 않아 아내에 대한 애정을 잃고 말았다. 아내를 존중하는 마음도, 믿는 마음도 사라져버렸으며, 그와 함께 행복한 가정에 대한 기대도 무너졌다.

그는 가정 대신 시골의 전원생활과 책에 푹 빠졌다. 그리고 거기에서만 즐거움을 찾았다. 그렇게 되니 아내의 무지와 어리석음도 멀리서 바라보는 즐거움의 대상이 될 수 있었다. 그가 아내에게서 얻을 수 있는 것은 그 외에 아무것도 없었다.

엘리자베스는 아버지가 남편으로서 적절한 처신을 하지 않고 있음을 결코 모르는 바가 아니었다. 그녀는 그 점이 늘 괴로웠다. 하지만 아버지의 능력을 늘 존경하고 있었고 또 자신에게 늘 다정하게 대해주는 것에 감사해했다. 하지만 그런 어울리지 않는 결혼에서 태어난 자식들이 겪어야 하는 불이익을 요즘처럼 강하게 느껴본 적도 없었다. 아버지가 가지고 계신 능력을, 아내의 마음을 넓히는 데까지는 아니더라도 최소한 딸들을 점잖게 처신할 수 있게끔 만드는 데 쓰지 않으신 것을 요즘처럼 아쉬워한 적도 없었다.

그녀는 하루하루가 지루했다. 집에는 끊임없이 지루하다고 불평을 늘어놓아 집안을 우울하게 만드는 어머니와 여동생이 있을 뿐이었다. 그런 가운데도 그녀에게 위안이 되는 게 하나 있었다. 곧 호수지방으로 여행을 떠날 수 있다는 희망이었다.

그 여행을 언니와 함께 할 수만 있었다면 정말 모든 것이 완벽했을 것이다.

여행하기로 예정된 날이 빠르게 다가오고 있었다. 그런데 출발 예정일이 2주 남은 어느 날 가디너 부인에게서 편지가 왔다. 출발이 연기되었을 뿐 아니라 여행 기간도 단축될 수밖에 없다는 내용이었다. 가디너 씨 사업 때문에 출발이 보름 정도 늦춰져 7월에야 떠날 수 있게 되었고 한 달 안으로 돌아와야 한다는 것이었다. 기간이 너무 짧아지는 바람에 멀리 북부 호수지방까지는 갈 수 없게 되었다. 가디너 부인은 더비셔 지방의 여러 마을들을 둘러보는 것으로 여행계획을 수정했다.

엘리자베스는 실망하지 않을 수 없었다. 그녀는 정말 호수지방에 가보고 싶었다. 하지만 그녀는 워낙 낙천적이었고 오래 집착하는 성격이 아니었다. 그래서 곧 만사가 좋아졌다.

더비셔 지방을 생각하자 이런저런 것들이 머리에 떠올랐다. 그리고 그 지명을 듣게 되자 자연스레 펨벌리와 그 주인이 머리에 떠올랐다.

4주 후에 외삼촌 부부가 네 명의 아이들과 함께 도착했다. 아이들은 여섯 살, 여덟 살 난 여자아이들과 그보다 어린 남동생들이었으며 모두 제인이 맡아서 돌봐주기로 했다.

가디너 부부는 롱본에서 하룻밤 머문 후 다음 날 아침 엘리자베스와 함께 길을 떠났다. 한 가지 확실한 즐거움이 있었다. 세 사람이 여행 동반자로서 죽이 맞는다는 즐거움이었다. 셋 다 웬만한 불편함은 견딜 줄 알았고 쾌활했다. 또한 여행이 실망스럽더라도 서로 기쁨을 나눌 만한 애정과 지성을 갖추고 있었다.

더비셔 지방의 주요 명소들을 일일이 묘사하는 일은 생략하기로 하자. 우리의 관심사는 그 지방의 작은 고장 한 곳에 있다. 더비셔 지방의 주요 명소들을 모두 둘러본 후에 그들은 가디너 부인이 전에 살았던 램턴이라는 작은 마을로 발걸음을 옮겼다. 외숙모는 엘리자베스에게 그곳에서 8킬로미터 떨어진 곳에 펨벌리가 있다고 말했다. 램턴으로 가는 길에 들를 수도 있는 곳이었다. 외숙모가 그곳에 가보자고 제안했다. 외삼촌이 동의하자 가디너 부인이 엘리자베스에게 말했다.

"얘야, 너도 들어본 적 있지? 그런 유명한 곳인데 한번 가보고 싶지 않니? 네가 아는 사람도 관련 있는 곳이잖아. 위컴이 어린 시절을 거기서 보냈다며?"

외숙모의 말에 엘리자베스는 당황했다. 그녀는 훌륭한 대저택들을 많이 보았으니 거기 가보았자 별게 있겠냐고 말했다.

제2부

151

그러자 가디너 부인이 점잖게 엘리자베스를 나무랐다.

"펨벌리가 그저 화려하게 꾸며진 저택일 뿐이라면 나도 관심 없어. 하지만 그 정원은 정말 아름답단다. 이 지방에서 가장 아름다운 숲도 몇 개 있어."

엘리자베스는 더 이상 아무 말도 하지 않았지만 정말 마음이 내키지 않았다. 그 집을 구경하는 동안 다시 씨와 만날 수도 있다는 생각을 떨쳐버릴 수 없었다. 얼마나 끔찍할 것인가! 그녀는 그런 위험을 무릅쓰느니 숙모에게 솔직하게 털어놓는 게 나을 것이라고 생각했다. 하지만 쉽게 설명하기엔 너무 복잡했다. 그래서 그녀는 주인이 집에 있는지 없는지 은밀히 알아보고, 만일 주인이 집에 있다면 그때 가서 털어놓으리라 생각했다.

밤에 잠자리에 들었을 때 엘리자베스는 객실 담당 하녀에게 펨벌리가 훌륭한 곳인지, 주인 이름이 무엇인지, 여름 동안 그 주인이 내려와 있는지, 관광객의 호기심으로 가장하고 물었다. 그녀의 마지막 질문에 다행스럽게도 지금 주인이 그곳에 없다는 대답이 나왔다. 다음 날 그녀는 외숙모에게 선선히 그곳으로 가보자고 대답했다. 그리하여 그들은 펨벌리로 가게 되었다.

제
3
부

제1장

마차에서 펨벌리 숲이 모습을 드러내는 것을 보고 엘리자베스는 다소 마음의 동요를 느꼈다. 그리고 펨벌리 장원 입구에 마차가 도착할 때쯤 되어서는 가슴이 마구 뛸 정도로 흥분이 되었다.

펨벌리 장원은 무척 넓었다. 마차는 장원으로 들어선 후 멀리까지 펼쳐진 아름다운 숲을 한동안 달렸다. 엘리자베스는 눈 앞에 펼쳐지는 전망에 감탄을 참을 수 없었다. 오르막길을 반 마일 정도 올라가자 계곡 반대편에 위치한 펨벌리 저택이 눈에 띄었다. 약간 솟아오른 대지에 세워진 아름다운 석조 건물이었다. 그 뒤로는 나무가 빽빽하게 자라고 있는 아름다운 언덕이 배경을 이루고 있었다. 그 앞쪽으로는 전혀 사람의 손이 가지 않은 것 같은 개울이 흐르고 있었다.

그토록 훌륭하게 조화를 이루고 있는 자연을 바라보자 엘리자베스의 마음이 즐거워졌다. 인간의 서툰 취향에 의해 조금도 망가지지 않은 아름다운 자연이었다. 그 순간 엘리자베스에게는 자신도 모르게 이곳 펨벌리의 여주인이 된다는 것은 정말 대단할 거라는 생각이 잠깐 들었다.

그들은 다리를 건너 저택 정문을 향해 마차를 몰았다. 저택이 가까워지자 엘리자베스에게는 주인과 마주치면 어쩌나 하는 걱정이 다시 들었다. 여관 하녀가 주인이 없을 거라고 했지만 그녀가 착각을 한 거라면 어쩌지 하고 두려웠다. 저택을 구경하고 싶다고 하자 하인이 그들을 홀로 안내했다. 엘리자베스는 자기가 '어쩌다 여기까지 오게 되었지' 하는 생각뿐이었다.

그들이 홀에서 잠시 기다리자 하녀장이 나타났다. 점잖아 보이는 노부인으로 그들을 정중하게 맞이했다. 그녀는 그들을 응접실로 안내했다. 창문을 통해 보이는 풍경도 아름다웠고 방들을 꾸미고 있는 가구들은 로징스의 가구들보다 화려하지는 않았지만 훨씬 더 우아했다. 그녀는 다시 씨의 취향에 감탄했다.

'내가 이곳의 안주인이 될 수도 있었을 텐데'라고 그녀는 생각했다. '낯선 사람으로 둘러보는 게 아니라 삼촌과 숙모를 손

님으로 모실 수도 있었을 거야.'

하지만 그녀는 곧 정신을 차렸다.

'내가 무슨 생각을 하고 있는 거야. 내가 결혼을 했다면 두 분을 다시는 못 보게 되었을 거야. 두 분을 초대하는 일은 허용되지 않았을 테니까.'

엘리자베스가 그런 생각을 하고 있는데 외삼촌이 하녀장에게 주인이 정말 안 계시냐고 물었다. 엘리자베스가 정말 묻고 싶었지만 용기가 없어 입 밖에 내지 못하던 질문이었다. 하녀장인 레이놀스 부인이 '지금은 안 계시지만 내일 친구들과 함께 오실 예정입니다'라고 대답하는 동안 그녀는 마음이 떨려 고개를 돌리고 말았다. 엘리자베스는 자기들 여정이 하루 더 늦춰지지 않았던 게 천만다행이라고 생각했다.

가디너 씨가 편안하고 유쾌한 태도로 질문도 하고 의견도 내놓고 하니까 하녀장도 술술 이야기를 풀어놓았다. 레이놀스 부인은 자신의 주인과 그의 누이동생 이야기를 하면서 아주 자랑스러워하는 것이 분명했다.

가디너 씨가 그녀에게 물었다.

"이 집 주인님은 1년 중에 펨벌리에는 얼마나 오래 머무르시나요?"

"한 해의 반 정도는 여기서 보내신다고 봐야지요. 다시 양은 여름에는 늘 여기 계십니다."

"주인님이 결혼하게 되면 여기에 더 오래 머무르시겠군요."

"물론이지요. 하지만 그게 언제가 될지 알 수 없어요. 그분의 배필이 되실 만한 분이 어디 있어야 말이죠."

가디너 씨 부부는 미소를 지었다. 엘리자베스가 말했다.

"그렇게까지 말씀하시다니, 대단한 찬사이시네요."

"그분을 아는 사람이라면 누구나 하는 소리인데요."

엘리자베스는 그녀가 좀 지나친 칭찬을 한다고 생각했다. 그런데 하녀장이 계속 말했다.

"내 평생 그분이 내게 언짢은 말을 해준 적이 없어요. 그분이 네 살 때부터 모셨으니 너무 잘 알아요."

엄청난 찬사였고 엘리자베스가 생각했던 것과는 너무나 상반되는 이야기였다. 그의 성격이 별로 좋지 않다는 것은 그녀의 확고한 견해였다. 그녀는 그 얘기가 좀 더 듣고 싶어졌다. 고맙게도 외삼촌이 말을 꺼냈다.

"그렇게까지 칭찬을 해주시다니……. 그런 분을 주인으로 모시다니 참 운이 좋으시네요."

"그럼요, 그건 제가 더 잘 알아요. 그분보다 더 나은 분은 세상을 다 뒤져도 찾아보기 힘들 거예요. 어릴 때부터 아주 상냥하고 너그러웠어요. 어릴 때 착한 아이들은 어른이 되어서도 착한 법이잖아요."

엘리자베스는 하녀장의 이야기를 들으며 의심하고 의아해했으며 이야기를 더 듣고 싶어 조바심이 났다. 이번에도 외삼촌이 고맙게 그녀를 대신했다. 하녀장의 지나친 주인 자랑이 과장이며 선입관에서 나온 것이라 생각하고 재차 정말 그럴 수 있느냐고 물어본 것이다. 그러자 하녀장이 다시 말했다.

"그분은 정말 훌륭한 지주이고 주인님이에요. 요즘 젊은이들과는 다르지요. 소작인이나 하인들도 모두 그분을 칭송한답니다. 그분이 오만하다고 하는 사람들도 있는 모양인데, 모르고 하는 소리이지요. 다른 젊은이들처럼 말이 많지 않으셔서 그렇게들 말하는 모양이지요."

하지만 엘리자베스는 상냥한 다시 씨의 모습을 머릿속에 그리기조차 힘들었다. 그들은 부인의 안내를 받아 집안 여기저기를 둘러보았다. 전시실로 들어가니 다시 씨와 놀랄 정도로 닮은 초상화가 있었다. 다시 씨가 자기에게 미소 짓는 것을 몇 번 본 적이 있었는데, 바로 그 미소가 담긴 초상화였다. 그녀가 그 그림 앞에서 떠나지 않는 것을 본 레이놀스 부인이 그 그림은 다시 씨의 부친이 살아계실 때 모습이라고 말해주었다.

그녀는 그 초상화를 보고 다시 씨를 향한 하녀장의 찬사를 어느 정도 받아들일 수 있게 되었다. 그리고 그의 인품을 다시 생각하게 되었다. 그 초상화를 보니 자신에게 그가 애정을 고백한 것에 대해 감사하는 마음이 들 정도였다. 그녀에게는 뜨거웠던 그의 애정이 새삼 기억났고 그 표현 방법이 부적절했다는 생각은 희미해졌다.

집안 구경이 끝나자 그들은 밖으로 나와 정원사를 만났다. 집 밖을 안내해줄 사람이었다. 그들은 정원사의 안내를 받아 잔디밭을 가로질렀다. 엘리자베스는 다시 한 번 저택을 보기 위해 돌아섰다. 삼촌과 숙모도 걸음을 멈추고 뒤를 돌아다보았다. 순간 엘리자베스는 소스라치게 놀랐다. 바로 그가, 그 저택의 주인 다시 씨가 저택 뒤쪽 마구간으로 통하는 길에서 갑자기 나타난 것이다.

그들은 채 20미터도 안 되는 거리에 마주 보고 서 있었다. 그가 너무도 갑작스럽게 나타났기에 그를 피해 숨는 것도 불가능했다. 곧바로 그들의 시선이 마주쳤고 그와 동시에 두 사람의 뺨이 붉게 물들었다. 그도 놀란 것이 틀림없었다. 잠시 동안 꼼짝도 못했던 것이다. 그러나 그는 이내 정신을 차린 듯 방문객들을 향해 다가왔다. 그러고는 완벽한 예의를 갖추어 엘리자베스에게 인사를 했다. 하지만 완전히 평정을 되찾은 것이 아님은 분명했다.

그녀는 본능적으로 몸을 돌렸다. 하지만 그가 다가오자 당혹감을 억누르려 애쓰며 그의 인사를 받았다. 가디너 부부는 지금 자기들에게 다가온 사람이 다시 씨라는 사실은 미처 깨닫지 못하고 있었다. 그러다가 정원사가 그를 보고 놀라며 정중하게 인사하는 것을 보고는 사태를 알아차렸다.

조카딸과 다시 씨가 서로 인사를 나누는 모습을 그들은 약간 떨어진 채 바라보고 있었다. 무슨 이유인지 조카딸이 놀라고 당황해서 좀처럼 얼굴을 들지 못하는 것이 보였다. 주인이 가족의 안부를 묻는데도 조카딸이 놀라고 당황해하며 좀처럼 눈을 들지 못하는 것도 보였다. 그들이 알고 있는 평상시의 조카딸과는 너무 다른 모습이라서 그들은 의아할 수밖에 없었다.

한편 엘리자베스는 지난번 헤어질 때와는 너무 다른 그의 태도에 놀라고 있었으며 그의 말 한 마디 한 마디에 어쩔 줄 몰라 하고 있었다. 게다가 그곳에 있다가 모습을 들킨 게 너무 어색해서 이보다 불편한 자리는 없는 것처럼 여겨졌다.

그도 그녀만큼이나 당혹해 있는 것 같았다. 말을 할 때도 평소의 차분함을 찾기 어려웠다. 그가 언제 롱본을 떠났는지, 더 비셔에는 언제까지 머물 것인지 더듬거리며 같은 질문을 여러 번 하는 것으로 보아, 그도 미처 정신을 차리지 못하고 있는 게 분명했다. 그는 한동안 멍하니 서 있다가 갑자기 자리를 떴다.

그가 떠나자 가디너 부부가 그의 용모에 대해 찬사를 보냈지만 엘리자베스의 귀에는 한마디도 들어오지 않았다. 그녀는 자기만의 생각에 빠져 외삼촌 부부의 뒤를 따랐다. 그녀는 수치심과 낭혹심에 빠져 있었다.

'이곳으로 오다니, 어쩜 그렇게 바보 같았지? 그 사람에게 얼마나 이상하게 보였을까? 내가 일부러 그 사람 앞에 나타난 걸로 보일 수도 있잖아. 아, 도대체 내가 왜 여길 왔을까? 아니, 그 사람은 왜 예상보다 하루 일찍 온 걸까? 아, 10분만 서둘렀더라도 그가 알아볼 만한 거리에서 벗어나 있었을 텐데.'

그녀는 이렇게 이상하게 만나게 된 것 때문에 얼굴이 자꾸 붉어졌다. 그런데 그의 행동이 전과 너무나 달랐다.

'도대체 무슨 뜻일까? 내게 말을 걸어온다는 것 자체가 놀라운 일이잖아. 그것도 정중하게 가족의 안부를 묻다니!'

이제까지 그의 태도에서 그렇게 위엄이 사라진 모습을 그녀는 본 적이 없었다. 그렇게 온화하게 이야기하는 모습을 본 적도 없었다. 엘리자베스는 이를 어떻게 생각해야 할지, 어떻게 설명해야 할지 도무지 알 수 없었다.

그들은 강가를 따라서 나 있는 아름다운 산책로로 들어섰다. 한걸음 내디딜 때마다 장엄하고 아름다운 풍경이 나타났지만 그녀는 그것을 의식조차 할 수 없었다. 그녀의 생각은 온통 펨벌리 저택의 한 장소, 다시 씨가 있을 장소에 쏠려 있었다. 그녀는 그 순간 그가 무슨 생각을 하고 있을지 너무 궁금했다. 그가 자신을 어떻게 생각하고 있는지 궁금했고, 이런 상황에서도 여전히 자기를 좋아하고 있을지 너무나 알고 싶었다. 가디너 씨 부부가 뭘 그렇게 넋을 놓고 있느냐고 지적하자 그제야 그녀는 정신을 차리고 그들 뒤를 열심히 따랐다.

그들은 강을 떠나 숲으로 들어갔다가 다시 강을 건넜다. 가디너 부인이 다리가 아프다며 마차로 돌아가자고 하자 그들은 느릿느릿 저택 쪽으로 발길을 돌렸다. 그런데 일행은 또 한 번 놀랄 수밖에 없었다. 가까운 거리에서 다시 씨가 이쪽으로 걸어오고 있는 모습이 보였던 것이다. 엘리자베스는 처음 그와 마주쳤을 때 못지않게 놀랐다. 하지만 아까와는 달리 최소한 대화를 나눌 준비가 되어 있었다.

그는 여전히 아까의 정중한 태도를 유지하고 있었다. 엘리자베스는 그곳의 아름다움을 칭찬하기 시작했다. 하지만 곧 입을 다물었다. 너무 펨벌리를 칭찬하다가는 자칫 오해를 받을 수도 있다는 생각이 들었던 것이다.

그녀가 말을 멈추자 다시 씨는 그녀에게 일행 분들을 소개받는 영광을 베풀어주지 않겠느냐고 말했다. 엘리자베스는 그가 외삼촌 부부를 소개받고 싶어 하리라는 생각은 하지 못했었다. 그의 자존심이 받아들일 수 없다고 분명히 말한 그녀의 친척을 소개해날라고 청하다니! 그녀는 속으로 미소 지었다.

'그들이 누군지 알게 되면 무척 놀라겠지! 상류층 사람들인 줄 알고 있나봐.'

엘리자베스는 가디너 부부를 소개하면서 그의 표정을 살짝 훔쳐보았다. 그는 놀란 것이 분명했다. 그러나 그는 돌아서 가버리는 대신 가디너 씨와 함께 걸으며 이야기를 나누기 시작했다. 엘리자베스로서는 너무 기쁜 일이었고 어깨가 으쓱해지기까지 했다. 자신에게도 얼굴 붉힐 필요가 없는 친척이 있다는 것을 그에게 알려줄 수 있었기 때문이다. 그녀는 그들의 대화에 귀를 기울였다. 그리고 외삼촌이 구사하는 표현과 문장에 지성과 매너가 깃들어 있음을 보고 너무 자랑스러웠다. 다시 씨는 가디너 씨가 낚시를 좋아한다는 말을 듣고 무척 정중하게 낚시 도구를 빌려주겠다며 강에서 가장 고기가 잘 잡히는 곳을 손으로 가리켰다. 그러고는 근처에 머무는 동안 언제라도 그곳에 와서 낚시를 하라고 초대했다.

잠시 이렇게 여성들은 앞쪽에서 걷고 남성들은 그 뒤를 따라 걸었다. 그러다가 가디너 부인이 다리를 삐끗하는 바람에 남편이 그녀를 부축해야만 하는 일이 벌어졌다. 당연히 엘리자베스와 다시 씨가 함께 걷게 되었다. 둘은 잠시 침묵을 지키다가 엘리자베스가 먼저 입을 열었다.

그녀는 무엇보다 그가 이곳에 없다는 것을 확인한 후 이곳을 방문했다는 것을 확실히 알려주고 싶었다.

"레이놀스 부인 말로는 당신이 내일까지는 이곳에 오지 않을 거라고 했어요."

그는 그 말이 사실이라고 말한 후 집사와 급히 처리할 문제가 있어서 함께 여행하던 일행들보다 하루 일찍 오게 되었다고 말했다.

"그들은 내일 아침 일찍 이곳에 도착할 겁니다. 그중에는 당신이 아는 사람도 있습니다. 빙리 씨와 그 누이들 말입니다. 또 당신을 만나보고 싶어 하는 사람도 있지요. 바로 내 누이동생입니다. 이 지방에 머무르시는 동안 내 누이동생을 소개해도 될까요?"

엘리자베스로서는 놀랄 수밖에 없었다.

'그녀가 왜 나를 만나고 싶어 하지? 오빠가 나에 대해 무슨 말을 한 거지?'

어쨌든 영광스럽고 즐거운 일이었다. 마차가 기다리고 있는 곳까지 오자 다시 씨는 다과를 좀 들고 가라고 청했지만 그들은 정중하게 사양하고 인사를 나눈 후 헤어졌다. 마차가 움직이자 다시 씨가 천천히 저택 안으로 들어가는 게 보였다.

마차를 타고 가는 동안 외삼촌 부부는 다시 씨에 대한 칭찬에 여념이 없었다. 외숙모가 엘리자베스에게 말했다.

"그 사람을 어떻게 그렇게 기분 나쁜 사람이라고 할 수 있었던 거니? 너 전에 그 사람이 위컴에게 못된 짓을 했다고 말했지? 난 도저히 그런 짓을 할 사람으로 보이지 않던데. 더욱이 저택을 안내해주었던 부인 말을 들어봐. 칭찬이 좀 요란하긴 했지만 관대한 주인인 건 틀림없잖아."

엘리자베스는 그가 위컴에게 했던 행동을 제대로 알려줄 필요가 있다고 생각했다. 그래서 가능한 한 조심스럽게, 그냥 믿을 만한 사람에게 들었다며 그들 사이에 있었던 일을 다 이야기 해주었다. 숙소로 돌아와 식사를 마치자 가디너 부인은 옛

제3부

165

친구들을 찾아 외출했고 엘리자베스는 다시 씨의 행동을 곰곰이 생각하며 숙소에 머물러 있었다.

다음 날 오전, 엘리자베스와 가디너 부부는 새로 알게 된 몇 사람들과 인근을 산책한 후 함께 식사를 하려고 여인숙으로 돌아왔다. 그들은 식사 후 펨벌리에서 기별이 오면 그곳을 방문하리라고 생각하고 있었다. 그런데 그들의 예상이 빗나갔다. 마차 소리가 나서 엘리자베스가 창밖을 내다보니 신사와 숙녀가 쌍두마차를 타고 길을 따라오는 것이 보였다. 엘리자베스는 마차와 마부의 제복을 보고는 그들이 누구인지 금방 알아챌 수 있었다. 다시 씨 남매가 직접 이곳을 찾아온 것이다!

그녀가 가디너 부부에게 그 영광스러운 방문을 알리니 둘 다 놀랄 수밖에 없었다. 그들은 어제 다시 씨가 보인 친절, 오늘의 이 영광스러운 방문을 다른 각도에서 바라보기 시작했다. 이제까지는 눈치를 채지 못했지만 다시 씨가 조카딸에게 애정을 가지고 있다는 것 외에는 달리 설명할 방법이 없었다. 게다가 조카딸이 평소답지 않게 당황하는 모습을 자주 보이는 것으로 보아 의심의 여지가 없었다.

곧이어 다시 양과 오빠가 나타났고 소개가 이루어졌다. 엘리자베스는 새로 소개받은 친구도 최소한 자기만큼은 당황하고 있음을 눈치챘다. 그녀는 듣던 말과는 달리 오만하기는커녕 굉장히 수줍어하는 여성이었다. 그녀는 엘리자베스보다 키도 크고 체격도 다소 컸다. 열여섯을 겨우 넘었을 뿐이지만 외모도 여성답고 우아했다. 그녀의 모습을 보자 엘리자베스의 마음은 훨씬 편해졌다.

자리를 함께 한 지 얼마 되지 않아 이번에는 빙리 씨가 들어섰다. 엘리자베스는 그를 반갑게 맞았다. 그를 향한 그녀의 분노는 이미 사라진 지 오래였다. 그는 엘리자베스 가족의 안부를 물은 뒤 전과 다름없이 싹싹하고 편안한 태도로 그녀를 바라보며 이야기했다.

빙리 씨를 보자 엘리자베스의 생각은 자연스럽게 언니 쪽으로 흘러갔다. 그리고 무엇보다 다시 양을 향한 그의 태도를 유심히 살폈다. 하지만 두 사람 모두 상대방을 향한 특별한 애정을 내보이지 않는 게 틀림없었다. 두 사람 사이에 빙리 양의 말을 정당화할 조짐은 전혀 보이지 않았다.

그리고 엘리자베스는 빙리 씨가 어떻게 해서건 제인에 대한 얘기가 나올 만한 쪽으로 화제를 끌고 가려는 것을 눈치 챌 수 있었다. 그는 이런 말도 했다.

"제인을 만난 지 정말 오래되었습니다. 여덟 달이 넘었네요.

11월 26일, 네더필드에서 모두 함께 춤을 춘 이래 만난 적이 없으니까요."

엘리자베스는 그가 정확한 날짜를 기억하는 것을 보고 내심 기뻤다. 그는 엘리자베스에게 자매들이 아직 모두 롱본에 있느냐고 물어보았다. 질문 자체야 별로 큰 의미가 없다고 할 수 있었지만 그의 표정과 태도에는 뭔가 의미심장한 데가 있었다.

그녀는 자주는 아니더라도 가끔 다시 씨 쪽으로 눈길을 돌렸다. 그는 다정한 표정을 짓고 있었다. 그의 말에는 다른 사람을 무시하거나 오만한 어조가 싹 사라지고 없었다. 불과 몇 달 전만 해도 수치스럽게 생각했던 사람들을 소개해달라고 청하는 그의 모습, 그들에게 그토록 정중한 그의 모습을 보고 그녀는 헌스펀드 목사관에서 둘이 함께 있었을 때의 장면이 생생하게 되살아났다. 그 변화와 차이가 너무 커서 엘리자베스는 놀라운 마음을 감출 수 없을 지경이었다.

손님들은 반 시간 넘게 머물다가 자리에서 일어났다. 다시 씨는 여동생에게 가디너 부부와 엘리자베스가 그곳을 떠나기 전에 펨벌리의 만찬에 초대하고 싶다고 말했다. 다시 양은 기꺼이 오빠의 말에 동의했다. 가디너 부부가 이를 받아들였고 이틀 후로 초대 날이 정해졌다.

그날 밤, 엘리자베스는 전날보다 더 깊이 펨벌리 생각에 잠겼다. 두 시간 이상 잠을 자지 않고 생각을 정리하려 애썼지만 다시 씨를 향한 자신의 감정이 어떤 것인지 확실히 단정 지을 수 없었다. 이제 자신이 그를 미워하지 않는 것은 확실했다. 그에게 혐오감을 가졌다는 사실 자체를 부끄럽게 생각한 지도 오래되었다. 그의 훌륭한 성품을 확신하게 되면서 갖게 된 존경심도, 처음에는 힘들었지만 이제는 별로 거슬리지 않는 감정이 되었다. 게다가 그가 다정한 성격이라는 것을 여러 사람이 증명해주고 있고 또한 어제 보인 태도로 보아 그것도 의심하지 않게 되었다.

하지만 그녀가 그에 대해서 가지고 있는 가장 소중한 마음은 바로 감사하는 마음이었다. 한때 그녀를 사랑해준 데 대한 감사만이 아니었다. 그의 청혼을 거절하면서 그토록 모질게 굴었던 자신의 태도, 거기에 끌어다 댄 부당한 비난들을 모두 용서하고 자신을 여전히 친절하게 대해주고 있다는 것에 대한 감사의 마음이었다. 그녀를 가장 큰 적으로 알고 피하리라고 생각했던 사람이 사실은 자신과 친하게 지내기를 간절히 원하고 있었던 것이다! 게다가 그는 그녀의 친척에게 잘 보이려고 애를 쓰고 있고 그녀를 자신의 누이동생에게 소개하려고 애를 쓰고 있었다. 그렇게 대단한 자존심을 가진 사람이 이렇게 변하다 니! 놀라움을 뛰어넘어 감사할 수밖에 없었다.

그건 사랑, 열렬한 사랑 때문이라고 생각할 수밖에 없었다. 그녀는 그것에 대한 자신의 느낌을 뭐라고 정확히 표현하기 어려웠다. 하지만 결코 불쾌하지는 않았다. 그녀는 그를 존경하고 높이 평가하게 되었으며 그가 고마웠다. 그녀는 처음으로 그의 행복에 대해 진정한 관심을 갖기 시작했다. 그녀는 자기 자신이 과연 어느 정도까지 그의 행복에 기여할 수 있을지, 또한 자기가 진정으로 그의 행복에 기여하기를 바라는지 생각해 보았다. 그리고 그로부터 다시 청혼을 이끌어내도록 힘을 발휘하는 것이—그녀는 자신에게 여전히 그 힘이 있다는 것을 믿고 있었다.—두 사람의 행복에 어느 정도까지 기여할지 알고 싶었다.

밤에 숙모와 조카는 빙리 씨와 다시 양이 도착한 날로 바로 방문해준 데 대해 답방을 하는 게 예의바른 행동이리라고 의견을 모았다. 그들은 다음 날 오전에 펨벌리를 방문하기로 결정했다.

그다음 날 아침 가디너 씨는 아침 식사를 마치자마자 길을 나섰다. 정오 무렵에 펨벌리에서 신사 몇 명과 낚시를 하기로 약속이 되어 있었던 것이다. 가디너 부인과 엘리자베스 둘은 펨벌리 저택으로 향했다. 펨벌리 저택으로 향하면서 엘리자베스가 가장 신경이 쓰이는 것은 빙리 양이었다. 질투 때문에 자신을 싫어하게 된 빙리 양이 자신을 얼마나 못마땅하게 생각할까 걱정이었다.

그들이 저택에 도착하자 곧 홀을 지나 넓은 응접실로 안내되었다. 창 너머로 저택 뒤편의 숲이 울창한 언덕이 있었고 잔디밭 여기저기에서 상수리나무와 밤나무가 자라고 있어 매우 상쾌했다.

다시 양이 응접실에 있다가 엘리자베스 일행을 맞이했다. 응접실에는 허스트 부인과 빙리 양, 그리고 또 다른 여성 한 명이 함께 있었다. 남자들은 응접실에 없었다. 허스트 부인과 빙리 양은 살짝 몸을 굽혀 인사했다. 엘리자베스 일행이 자리에 앉자 그런 자리가 늘 그렇듯이 어색한 침묵이 흘렀다. 그 침묵을 깨기 위해 함께 있던 앤즐리 부인이 제일 먼저 입을 열었다. 곧이어 가디너 부인과 그녀 사이에 대화가 오갔고 가끔 엘리자베스와 다시 양도 한두 마디 말을 건네곤 했다.

엘리자베스는 빙리 양이 자신을 세심하게 살펴보고 있는 것을 눈치챘다. 그녀는 신사들이 방으로 들어서기만 기다리며 자신의 생각에 잠겨 있었다. 빙리 양과 한마디도 나누지 않은 채 그런 상태로 15분 정도 앉아 있었을 때 다시 씨가 방에 들어섰다. 그는 저택에 와 있던 다른 신사들과 가디너 씨와 함께 강가에 있었다. 그는 가디너 씨로부터 그 집안 여성들이 그날 오전 동생 조지아나를 방문할 것이라는 말을 듣고 혼자 저택으로 돌아왔던 것이다.

그가 들어오자 엘리자베스는 자연스럽고 느긋해지려고 애를 썼다. 반면에 빙리 양은 노골적으로 다시 씨에게 상냥한 말을 건넸다. 하지만 다시 씨는 그녀의 말을 거의 무시하고 엘리자베스와 다시 양을 친한 사이로 만들려 애를 썼다. 그가 둘 사이에 대화가 오갈 수 있도록 배려하고 있는 것을 누구나 확연하게 알 수 있었다. 빙리 양은 이 모든 걸 다 지켜보며 화가 치밀었다. 그녀는 기회를 노리다가 비웃는 태도로 말했다.

"그런데 일라이자 양, 메리턴에 주둔하던 부대가 떠났다지요? 실망이 크겠어요."

그녀가 위컴의 이름을 직접 언급하지는 않았지만 엘리자베스는 금방 알아차렸다. 그녀는 무심한 어조로 아무렇게나 대답했다. 그녀는 무심코 시선을 돌리다가 다시의 얼굴이 붉어진 채 자신을 바라보고 있다는 것을 알 수 있었다. 그리고 그의 누이동생이 당황해하며 시선을 아래로 떨구는 것이 보였다. 빙리 양이 그 이야기를 꺼낸 의도는 분명했다. 위컴을 좋아했던 엘리자베스를 깎아내리고 엘리자베스 가족의 어리석음을 상기시켜 그녀를 곤란하게 만들기 위해서였다. 빙리 양은 다시 양이 위컴과 야반도주를 계획했던 일은 전혀 모르고 있었다.

하지만 엘리자베스는 침착하게 담담한 어조로 그게 왜 실망인지 모르겠다고 대답했다. 그녀의 침착한 태도에 빙리 양의 입에서는 더 이상 위컴의 이야기는 나오지 못했다. 그러자 당황했던 소지아나의 마음도 어느 정도 진정되었다. 다시 씨는 엘리자베스가 고마웠다. 엘리자베스에게서 그의 관심을 떼어내려던 빙리 양의 계획은 오히려 보기 좋게 어긋났다.

간단한 답방이었기에 그들의 방문은 금방 끝이 났다.

방문객들이 돌아가자 빙리 양이 엘리자베스에 대해 험담을 했다.

"다시 씨, 오늘 보니 일라이자 베넷 양이 어딘가 좀 아파 보이네요. 건강할 때도 예쁘지 않은 얼굴인데……. 너무 마른 얼굴인데다, 피부에 생기도 없어요. 코도 아무 특징이 없잖아요. 콧날이 오똑한 것도 아니고. 눈이 아름답다는 사람들도 더러 있지만 난 뭐가 그렇게 특별히 뛰어난지 모르겠어요. 심술이 담겨 있을 뿐이잖아요. 상류층과는 거리가 먼 행동거지는 정말 못 봐주겠어요."

빙리 양은 엘리자베스를 깎아 내리고 자신을 돋보이고 싶어서 한 소리겠지만 결코 그런 식으로 자신이 다시 씨에게 잘 보일 수 없다는 것을 모르고 있었다. 하지만 질투심에 화가 난 사람은 눈이 머는 법이다. 그녀는 자신의 말에 다시 씨가 어느 정도 동요했다고 믿었다. 그의 입에서 자신의 의견에 동의하는 말을 끌어내야겠다고 결심하고 그녀는 말을 계속했다.

"하트퍼드셔에서 그녀를 처음 만났을 때 사람들이 왜 그녀를 미녀라고 하는지 의아하게 생각했던 게 기억나네요. 당신도 언젠가 말한 적이 있어요. '그녀가 미인이라고! 그렇다면 그녀의 어머니를 재사(才士)라고 부를 수도 있겠군'이라고 했잖아요. 하지만 당신 속으로는 그녀가 무척 예쁘장하다고 생각했던 게 맞지요?"

다시 씨가 더 이상 참지 못하고 대답했다.

"맞아요. 그랬지요. 하지만 그녀가 예쁘장하다고 했던 건 그녀를 처음 봤을 때뿐이지요. 몇 달 전부터는 내가 아는 사람들 중에서 그녀가 가장 아름답다고 생각하게 되었으니까요."

다시 씨는 그 말을 하고 나가버렸다. 빙리 양의 얼굴이 일그러졌음은 물론이다.

제2장

엘리자베스는 램턴에 도착한 첫 날 제인에게서 편지가 없어 너무 실망스러웠다. 둘째 날도 편지가 없어 또 실망했다. 그런데 셋째 날 아침에 드디어 불평이 끝났다. 제인이 보낸 두 통의 편지가 동시에 도착한 것이다. 편지 한 통은 주소가 불분명해 다른 곳으로 배달되었다가 늦게 온 것이었다.

가디너 부부는 엘리자베스 혼자 조용히 편지를 읽을 수 있도록 둘이 산책을 나갔다. 엘리자베스는 잘못 배송되었던 편지를 먼저 읽었다. 닷새 전에 쓴 것이었다. 편지에는 당황스러운 내용이 적혀 있었다. 리디아에 관한 소식이었다.

리디아가 위컴과 스코틀랜드로 야반도주했다는 내용이다. 포스터 대령이 그 소식을 전했으며 그가 곧 롱본에 올 것이라는 내용이 다급한 말투로 적혀 있었다. 엘리자베스는 황급히 두 번째 편지를 뜯었다.

더 나쁜 소식이었다. 위컴이 아무리 나쁜 사람이라도 둘의 결혼이 성사되기를 바랐는데 정황상 둘이 스코틀랜드로 가지 않은 게 확실하다는 내용이었다. 그리고 위컴이 리디아와 결혼할 생각이 없다는 것을 자기 친구에게 확실히 밝혔다는 것이었다. 포스터 대령이 그들 뒤를 추적했지만 클래펌까지 갔다는 걸 알아냈을 뿐 그 이후는 행적이 묘연하다는 것이었다. 부모님이 너무 낙담하고 계시다는 것, 아버지와 포스터 대령이 리디아를 찾으러 곧 런던으로 갈 거라는 것, 이런 상황에서 외삼촌의 도움이 절실히 필요하니 가능한 한 빨리 돌아와달라는 부탁으로 편지는 끝을 맺고 있었다.

엘리자베스는 정신이 하나도 없었다. 그녀가 외삼촌을 찾으려고 자리에서 벌떡 일어나 문으로 달려갔을 때다. 하인이 다시 씨에게 문을 열어주고 있었다. 엘리자베스의 새하얗게 질린 얼굴과 서두르는 태도를 보고 놀란 다시 씨가 정신을 차리기도 전에 엘리자베스가 외쳤다.

"죄송하지만 제가 한시라도 빨리 외삼촌을 찾아야 해요. 한순간도 지체할 수 없어요."

그러자 다시 씨가 말했다.

"아니, 무슨 일인데 그러십니까? 아무리 급해도 당신 몸이 안 좋아 보이니 직접 가면 안 됩니다. 내가 찾아보든지 하인을 보내든지 하겠습니다."

다시 씨가 하인을 불러 주인 내외를 찾아오라고 일렀다. 다시 씨의 말대로 엘리자베스는 무릎이 떨려서 그 자리에 주저앉고 말았다. 다시 씨는 너무 불쌍할 정도로 몸이 불편해 보이는 그녀를 그냥 두고 갈 수 없어서 어정쩡하게 서 있었다.

"괜찮아요. 제게는 아무 일 없어요. 롱본에서 끔찍한 소식을 들어서 괴로운 것뿐이에요."

그녀는 눈물을 터뜨리며 얼마간 아무 말도 할 수 없었다. 다시 씨도 말없이 온정 어린 눈길로 그녀를 바라보는 수밖에 없었다. 겨우 기운을 차린 그녀가 말했다.

"제 막내 동생이 야반도주했어요. 그 사람……. 위컴 씨에게 몸을 던진 거예요. 리디아는 그 사람과 결혼할 돈도 없고 아무것도 없어요. 그 애는 이제 끝장이에요."

다시 씨는 골똘히 생각에 잠겨 방 안을 왔다갔다 했다. 엘리자베스는 그것이 무엇을 의미하는지 나름대로 알 것 같았다. 우리 가문의 결함, 수치가 이렇게 훤하게 드러났으니 모든 게 끝장이었다. 이상해할 것도 없고 속상해할 것도 없었다.

'이제 그를 사랑해보았자 아무 소용이 없어.'

그녀는 지금만큼 그를 솔직하게 사랑할 수 있다고 느낀 적이 없었다. 사랑해봤자 아무 소용없게 된 지금에 와서.

그때 다시 씨가 조심스럽게 말했다.

"제가 걱정한다고 도움이 될 리는 없겠지만 진심으로 걱정이 됩니다. 어떻게 이 고통을 위로해드려야 할지. 그렇다면 내 누이동생이 오늘 저녁 펨벌리에서 당신을 만나기가 어렵겠군요. 정말로 당신을 만나보고 싶어 하는데."

"네, 정말 죄송해요. 제 대신 다시 양에게 사과 말씀을 전해주세요. 그리고 가능한 한 이 불행한 일을 숨겨주셨으면 해요. 곧 드러나고 말겠지만요."

그는 비밀을 지키겠다고 약속했다. 이어서 좋은 결과가 있기를 바란다며, 친척들에게 인사의 말을 전해달라고 말한 후 방에서 나갔다.

외삼촌 부부가 오자 그녀는 자초지종을 말했다. 그들은 서둘러 모든 일을 처리하고 마차에 올라 롱본으로 가는 길에 올랐다.

그들은 여행길을 재촉하여 도중에 하룻밤을 자고 다음 날 저녁 무렵에 롱본에 도착했다. 엘리자베스는 제인에게 무슨 소식이 없었는지 물었다. 아버지가 황급히 런던으로 가셨다는 것 외에 별다른 소식은 없었다. 메리와 키티는 마치 남의 일이라도 되는 듯 평소와 별로 다르지 않았으며 베넷 부인도 어느 정도 충격은 받았지만 잘 견디고 있었다. 그녀는 자기가 브라이튼에 함께 갔다면 아무 일도 없었을 거라며 자신을 못 가게 한 가족들을 원망했다. 또한 리디아를 잘 지켜주지 못했다며 포스터 부부를 닷했다. 결국 제인 혼자 고민하며 고생하고 있는 셈이었다. 그녀의 창백한 얼굴이 그녀의 고통을 보여주고 있었다.

가디너는 곧바로 런던으로 떠났고 가디너 부인은 자신이 좀 더 있어주는 게 조카들에게 도움이 될 거라며 롱본에 남았다. 제인과 엘리자베스는 이 사건에 대해 자세히 이야기를 나누었다. 위컴이 정말 리디아와 결혼할 생각인지 아닌지는 분명하지 않았지만 리디아가 기꺼이 그를 따라나선 것은 분명했다. 리디아가 마치 재미있는 일이라고 꾸미듯이 위컴과의 도망계획을 편지로 포스터 대령 부인에게 알렸던 것이다.

다음 날 아침 모두들 베넷 씨로부터 편지가 올까 하고 기다리고 있었다. 우편배달부가 왔지만 소식은 없었다. 메리턴에서는 모든 사람들이 위컴을 비난하느라 난리였다. 석 달 전만 해도 그토록 칭송을 받던 인물이 하루아침에 천하의 악당이 된 것이다. 위컴은 거의 모든 상인들에게 빚을 지고 있었다. 사람들은 모두 위컴을 더없이 사악한 놈이라고 힘주어 말했고, 그 멀쩡한 외모 뒤에 뭐가 있는지 알고 있었다고 자신 있게 말했다.

화요일에 기다리던 가디너 씨의 편지가 왔다. 도착하자마자 자형 베넷 씨를 찾아냈고 그를 그레이스 처치 거리로 오도록 설득했다는 내용이었다. 베넷 씨는 호텔들을 마저 다 뒤져본 후에 그레이스 처치 거리로 가겠다고 했으며, 포스터 대령을 통해 위컴이 있을 만한 곳을 수소문하고 있다는 내용이었다. 결론적으로 아직까지는 별 소득이 없다는 내용이었다. 한 가지 포스터 대령의 편지를 통해 새롭게 알게 된 내용도 적혀 있었다. 위컴이 남들 눈을 피해 도망갈 동기가 충분히 있었다는 내용이었다. 그는 아주 큰 액수의 도박 빚을 지고 있었다. 그가 브라이튼에서 진 빚을 청산하려면 1,000파운드 이상이 필요하다는 것이었다. 가디너 씨는, 베넷 씨가 런던에 있어봤자 별 할 일이 없으므로 롱본으로 돌아가도록 계속 설득할 것이라고 했다.

가디너 씨의 설득이 통해서 얼마 후 베넷 씨가 롱본으로 돌아왔다. 딸을 찾으려는 온갖 노력이 수포로 돌아갔으니 낙담한 모습이 역력했다. 하지만 그는 평상시의 침착하고 철학적인 모습을 잃지 않고 있었다. 그는 여느 때처럼 별 말이 없었고 런던에서 있었던 일에 대해서도 한마디 말이 없었다.

베넷 씨가 돌아온 지 이틀째 되는 날, 가디너 씨에게서 속달 편지가 왔다. 베넷 씨는 편지를 뜯어본 후 산책하고 있던 제인과 엘리자베스를 불렀다. 딸들이 오자 베넷 씨가 엘리자베스에게 편지를 건네며 말했다.

"네가 좀 읽어봐라. 나는 무슨 소린지 통 모르겠다."

엘리자베스는 제인도 들으라고 큰 소리로 편지를 읽었다.

자형께,

드디어 조카 소식을 보내드릴 수 있게 되었습니다. 자형이 떠나시자마자 그들을 찾을 수 있게 되었습니다. 둘은 결혼도 안 한 상태였고 도대체 결혼할 생각이 있는지도 알 수 없었습니다. 하지만 제가 자형을 대신하여 위컴에게 한 약속을 지켜주신다면 두 사람이 곧 결혼할 수 있을 것입니다.

자형이 하실 일은 비교적 간단합니다. 자형과 누이가 돌아가신 후 자식들이 받게 되어 있는 5,000파운드 가운데 리디아 몫을 분명히 양도하신다고 확답하시면 됩니다. 그리고 자형이 살아 계시는 동안 매년 100파운드를 주시겠다고 약속하시면 됩니다. 즉시 자형의 답을 듣기 위해 속달로 보냅니다.

가능한 한 빨리 답장을 보내주시기 바랍니다. 저는 조카를 결혼시켜 내보내는 게 최선이라고 생각하고 그런 약속을 했습니다. 자형도 동의하시겠지요? 오늘 리디아가 우리 집에 옵니다. 다른 소식이 있으면 즉시 편지를 드리겠습니다.

8월 2일 월요일,

그레이스 처치 거리에서 에드워드 가디너 드림

"아니, 그 사람이 리디아와 결혼하다니! 아버지 답장은 보내셨어요?"

"아직 안 보냈다. 하지만 빨리 보내야겠지."

엘리자베스가 다시 아버지에게 물었다.

"아버지 그 조건에 다 응하실 생각이세요? 그리고 리디아가 그런 인간하고 결혼해야 하나요?"

"그 외에 달리 방도가 있니? 내가 알고 싶은 건 딱 두 가지

뿐이다. 처남이 이 일을 성사시키기 위해 돈을 얼마나 썼는가 하는 것과, 내가 그걸 어떻게 갚느냐 하는 것 두 가지다.”

“돈이라니요? 외삼촌이 무슨 돈을 썼다는 거지요?” 제인이 외쳤다.

“제정신이 있는 남자라면 그 누가 내가 살아 있는 동안에 매년 100파운드, 내가 죽으면 50파운드씩 받는다는 조건으로 리디아와 결혼하겠니?”

그러자 엘리자베스가 말했다.

“그러네요, 아버지. 전 그 생각은 못했는데……. 그 사람 갚아야 될 빚도 많은데……. 아, 외삼촌께서 해주신 게 틀림없어요! 고마우신 외삼촌! 적잖은 돈이 들었을 텐데…….”

“네 말이 맞다. 위컴, 그놈이 1만 파운드에서 단 한 푼이라도 빠지는 돈으로 리디아를 데려갈 리가 없다. 그놈이 바보는 아니거든. 사위가 될 놈에게 이런 식으로 말을 해도 되는지 모르겠지만…….”

“1만 파운드라고요! 세상에! 그 절반이라 해도 어떻게 갚을 수 있겠어요.”

베넷 씨는 아무 말 없이 답장을 쓰기 위해 서재로 들어갔다. 엘리자베스는 너무나 혼란스러웠다.

제3부

183

'아아, 정말 어쩔지 모르겠어. 이런 일을 고맙게 여겨야 하다니! 동생이 행복할 리 없는 결혼을 하는데 빨리 하길 빌어야 하다니! 그런 비열한 사람과 결혼하는데 기뻐해야 하다니!'

제인과 엘리자베스는 어쨌든 이 소식을 어머니에게 알려드려야 했다. 둘은 함께 2층으로 향했다. 메리와 키티가 함께 있었다. 어머니와 동생들 앞에서 엘리자베스는 큰 소리로 외삼촌의 편지를 읽었다.

베넷 부인은 거의 광적으로 기뻐했다. 딸이 결혼하게 되었다는 사실만으로 충분했다. 리디아가 과연 행복할까 하는 걱정도 없었고 리디아의 행실이 어떠했는지는 아무 상관이 없었다.

"사랑하는 리디아야! 네가 결혼을 하다니! 그렇게 될 줄 알았어. 열여섯 살에 결혼을 하다니! 그런데 결혼 예복은 어떻게 하지? 빨리 장만해야 해. 아, 사랑하는 리디아, 어서 보고 싶구나. 위컴도 보고 싶구나!"

딸들이 말리지 않았다면 그녀는 당장에 예복을 주문했을 것이다. 엘리자베스는 어머니의 어리석다 못해 어처구니없는 행동을 보니 머리가 아팠다. 그녀는 생각을 좀 정리하려고 자기 방으로 올라갔다. 그리고 두 시간 전의 절망적인 상황에 비추어볼 때, 이 정도로 해결된 것만도 다행이라고 생각할 수밖에 없었다.

서재로 들어간 베넷 씨는 처남에게 편지를 썼다. 그는 처남이 얼마나 도와주었는지 알아내어 뇌도록 빨리 부채를 청산하겠다고 결심하고는 구체적으로 그들을 어떻게 도와주었는지 알려달라고 썼다. 그는 저축이 없었지만 앞으로 절약을 해서 갚을 생각이었다. 리디아에게는 너무 화가 나서 아무런 소식도 보내지 않았다.

베넷 부인은 활기를 되찾았다. 그녀는 우아한 결혼식 준비에 들떠 있었으며 리디아 부부가 살 집도 알아보는 등 부산을 떨었다. 하지만 그녀는 곧 절망에 빠졌다. 베넷 씨가 리디아 부부를 절대로 집 근처에 살지 못하게 하겠다고 선언한 후, 그녀의 결혼 예복 비용으로 단 돈 1기니도 내놓지 않겠다고 말했던 것이다.

어머니의 그런 모습을 보면서 엘리자베스는 괴로웠다. 그녀는 다시 씨에게 동생 이야기를 한 것을 정말로 후회하고 있었다. 리디아의 도피행각이 어차피 결혼으로 이어질 것이라면 그런 불미스러운 도피행각은 감추는 게 나았다고 그녀는 후회했다.

하지만 그가 동생의 불미스러운 행동을 알게 되어 자신이 피해를 보게 될 것을 걱정한 것은 아니었다. 결과는 어차피 마찬가지였으리라고 그녀는 생각했다. 리디아가 아무리 당당하게 위컴과 결혼을 했더라도 다시 씨가 그런 비열한 남자와 친척이 되는 일은 결코 용납하지 않을 것이 분명했기 때문이다.

그녀는 더비셔에서 그가 자기에게 여전히 애정을 지니고 있으며 자신의 애정을 얻고 싶어 한다는 것은 확신할 수 있었다. 하지만 이런 일을 겪은 후에도 그런 마음의 계속되리라고는 생각할 수 없었다. 그녀는 슬퍼졌다. 무엇을 후회해야 하는지 모르면서도 후회가 되었다. 그래봤자 아무 소용이 없게 되었다는 것을 알게 된 지금, 그에게 잘 보이고 싶었다. 그의 소식을 들을 수 없게 된 지금, 그의 소식이 듣고 싶었다. 그와 다시는 만날 수 없게 된 지금에 와서야, 그와 함께라면 행복할 것이라는 확신이 들었다.

그녀는 이제야 그가 자신에게 가장 잘 어울리는 남성이라는 사실을 깨닫기 시작했다. 그들의 결합은 둘 다에게 이익이 되는 결합이 틀림없으리라고 확신했다. 그녀의 활발한 성격과 태도로 인해 그의 마음과 행동은 부드러워졌을 것이다. 그의 판단력과 지식을 통해 그녀는 아주 많은 것을 배우고 알게 되었을 것이다.

그러나 진정한 부부의 행복이 어떤 것인지 남들에게 모범으로 보여줄 수 있는 그런 행복한 결혼은 이제 불가능하게 되었다. 그런 결혼이 이루어질 가능성의 싹을 아예 잘라버릴, 이상한 설합이 그녀의 집안에서 곧 이루어질 예정이었으니까.

얼마 후 가디너 씨가 자형에게 보내는 편지가 도착했다. 주요 내용은 위컴 씨가 민병대를 떠나 북쪽에 있는 정규 연대로 들어가 기수 직위를 맡게 되었다는 것이다. 한편 그가 모든 채무자들의 명단과 액수를 자신에게 보여주면서, 그들에게 곧 빚을 갚을 것이라는 약속을 해달라고 했다는 것이었다.

그 편지에서 무엇보다 반가운 것은 위컴과 리디아가 북부 지방에 정착하게 될 것이라는 내용이었다. 베넷 부인을 제외한 모든 가족들에게는 너무나 반가운 내용이었다. 하지만 제인과 엘리자베스는 리디아가 떠나기 전에 한 번만이라도 얼굴을 보고 싶었다. 아무리 미웠지만 동생은 동생이었다. 그녀들은 아버지를 졸랐다. 처음에는 완강히 거부하던 아버지도 결국 딸들에게 설득당해 위컴과 리디아를 롱본에 초대하는 것을 허락했다. 베넷 씨는 가디너 씨에게 보내는 편지에서 그들이 롱본에 한번 와도 좋다고 허락했다. 그들은 결혼식이 끝나자마자 롱본으로 오기로 했다. 위컴이 결혼식이 끝나는 대로 롱본에 오겠다는 답장을 보냈다. 엘리자베스는 위컴이 그 초대에 선선히 응하는 것을 보고 놀랐다. 자기라면 절대로 롱본에 발을 들여놓을 엄두도 못 냈을 것이라고 그녀는 생각했다.

제3장

드디어 리디아의 결혼식 날이 되었다. 그들은 마차를 타고 저녁 무렵 롱본에 도착하게 되어 있었다. 드디어 그들이 왔다. 가족들은 그들을 맞이하려고 조찬실에 모여 있었다. 이윽고 마차가 도착하고 리디아의 목소리가 들려왔다. 문이 활짝 열리더니 리디아가 방으로 뛰어들어왔다. 어머니는 그녀를 껴안으며 반겼고 뒤따라 들어온 위컴에게도 다정한 미소를 보내며 손을 내밀었다.

하지만 베넷 씨는 그들 부부를 보고도 조금도 반가워하는 기색을 보이지 않았다. 그는 얼굴에 더 엄격한 표정을 지은 채 입조차 열지 않았다. 그 젊은 부부가 하도 뻔뻔스럽게 구는 통에 엘리자베스는 역겨움을 느꼈고 제인조차도 충격을 받은 것 같왔다.

리디아는 조금도 변한 게 없었다. 여전히 뻔뻔스럽고 시끄러웠으며 겁이 없었다. 그녀는 언니들에게 축하해달라고 요구했다. 위컴도 리디아와 마찬가지였다. 그는 조금도 당황한 기색 없이 쾌활하기만 했다. 엘리자베스는 그가 그 정도로 뻔뻔스러우리라고는 생각도 못 했다. 사람이 도대체 어디까지 뻔뻔스러울 수 있을지 궁금해질 정도였다. 엘리자베스와 제인의 얼굴이 동시에 붉어졌다. 하지만 정작 여러 사람을 당황하게 만든 당사자들의 얼굴에는 아무런 변화도 없었다.

위컴이 천연스럽게 동네 사람들 안부를 묻고 리디아가 쉴 새 없이 떠들어대자, 베넷 씨가 참지 못하고 리디아를 향해 눈을 치켜떴다. 하지만 그녀는 아랑곳하지 않고 계속 입을 놀렸다.

"아, 엄마! 이곳 사람들이 내가 오늘 결혼한 걸 알고 있나요? 모르면 어쩌나 걱정이었어요. 아까 윌리엄 굴딩이 마차를 타고 가기에 마차 창문을 내리고 반지를 보여주었지요. 그 사람이 대단하다며 미소를 짓던데요."

그러더니 자기 남편 자랑을 늘어놓기 시작했다. 엘리자베스는 더 이상 참을 수 없어 밖으로 나가버렸다. 제인도 따라 나가고 싶은 걸 억지로 참았다.

불행 중 다행인 것은 그들이 열흘 이상 그곳에 머물 수 없다는 사실이었다. 위컴 씨는 런던을 떠나기 전에 장교로 임명된 상태였고 보름 후면 자기 연대로 돌아가야만 했다. 그들이 머무는 기간이 짧다고 아쉬워하는 사람은 베넷 부인뿐이었나. 베넷 부인은 딸을 데리고 이웃을 자주 방문했으며 집에서 파티를 자주 열었다. 파티는 엘리자베스와 제인도 반겼다. 가족끼리 있는 것보다는 그 편이 차라리 마음이 편했기 때문이다.

그들이 도착한 지 얼마 안 된 어느 날 아침이었다. 리디아가 제인과 엘리자베스와 함께 있게 되자 엘리자베스에게 자기 결혼식 이야기를 꺼냈다.

"언니, 내가 내 결혼식 설명 언니에게 안 했지? 내가 결혼 준비를 어떻게 했는지 궁금하지 않아?"

"별로. 그 이야기는 안 하는 게 좋겠다." 엘리자베스가 대답했다.

"어머, 언니 정말 이상하다. 동생 결혼식인데……. 그래도 결혼식이 어땠는지는 말해줘야겠어. 우리는 세인트 클레멘스 교회에서 결혼했어."

그러더니 리디아는 시시콜콜 그날 이야기를 떠들어댔다. 그런데 리디아의 입에서 놀라운 이름이 나왔다.

"언니, 그날 외삼촌 때문에 얼마나 혼났는지 알아? 글쎄 나를 신랑에게 넘겨줄 시간이 되었는데도 안 오시는 거야. 사업 일 때문인지 사람을 만나러 가서는 감감 무소식이었어. 정해진 시각을 넘기면 그날 결혼할 수 없었거든. 다행히 외삼촌이 10분 만에 돌아와서 바로 출발할 수 있었어. 하지만 공연한 걱정이었던 거야. 외삼촌이 못 갔더라도 다시 씨가 대신 그 역할을 해줄 수 있었을 테니까."

"다시 씨! 다시 씨라고!" 엘리자베스는 너무 놀라 그 이름을 따라 외쳤다.

"그래, 그 사람도 위컴이랑 거기 오기로 되어 있었거든. 아 참, 깜빡했네. 그 일은 비밀로 하기로 철석같이 약속했는데……. 위컴이 뭐라고 할까? 정말 비밀로 하기로 했는데……."

"그렇다면 더 이상 아무 말 하지 마. 비밀로 하기로 했다며? 더 이상 물어보지 않을게." 제인이 말했다.

"그래, 아무 말도 하지 마." 엘리자베스는 궁금해 견딜 수 없었지만 억지로 참으며 말했다.

"고마워, 언니들이 물어봤으면 다 말해줬을 거야. 그러면 위컴이 화를 내겠지."

리디아의 성격상 더 물어보라는 말이었다. 엘리자베스는 그

자리에 있다가는 자신이 더 물어보게 될 것이 두려워 얼른 밖으로 나갔다.

다시 씨가 리디아의 결혼식에 왔었다니! 그가 가서는 안 되는 곳이었고 또 그가 가장 피해야 할 곳이었으며 그가 혐오하는 사람들이 모인 장소였다. 아무리 머리를 굴려보아도 알 수가 없었다. 그녀는 너무 궁금했다. 그녀는 황급히 외숙모에게 짧은 편지를 한 장 썼다. 리디아가 흘린 말이 도대체 무슨 뜻인지 도대체 그게 왜 비밀이라고 위컴이 말했는지 알려달라는 내용이었다.

외숙모는 금방 답장을 보냈다. 엘리자베스는 답장을 받자마자 혼자 작은 언덕으로 가서 편지를 펼쳐 읽었다.

사랑하는 조카에게
막 네 편지를 받았다. 오전 시간은 모두 네게 답장 쓰는 데 보낼 작정이다. 나와 외삼촌은 네 편지를 받고 정말 놀랐단다. 네가 관련된 줄 알고 있었는데 네가 모르고 있었다니 놀랄 수밖에 없잖니? 정말 네가 아무것도 모르고 있다니 자세하게 설명을 해야겠다.

우리가 롱본을 떠나 집으로 돌아온 바로 그날 뜻밖의 손님이 찾아왔단다. 바로 다시 씨였어. 외삼촌과 문을 닫고 몇 시간 이야기를 나누더구나. 그는 네 여동생과 위컴 씨가 어디 있는지를 알아냈고 이미 그들을 만났다는 이야기를 하러 온 거란다. 내가 듣기로는 우리가 더비셔를 떠난 바로 다음 날 그들을 찾으러 런던으로 왔다는 거야.

그는 그 일이 벌어진 게 자기 책임이라고 했어. 위컴이 좋지 않은 사람이라는 것을 사람들이 잘 몰라서 그런 일이 벌어진 거고, 자기에게 그 책임이 있다는 거야. 속이 참 넓은 사람이더라. 그는 모든 걸 자기 자존심 탓으로 돌렸어. 남의 사사로운 행동을 세상에 알리는 게 자신의 명예에 흠이 가는 걸로 생각했다는 거야. 위컴이 어떤 사람인지 사람들이 저절로 알게 될 거라고 생각했대. 자신이 그런 잘못을 저질러서 벌어진 일이니 스스로 바로잡는 게 자신의 의무라고 생각하고 나섰다는 거야.

그가 런던에 와서 위컴을 찾는 데 며칠이 걸렸다더구나. 얼마 전 다시 양 가정교사였다가 무슨 일 때문인지 해고되었던 영 부인인가 하는 여자를 찾아갔던 모양이야. 그녀는 위컴이 어디 있는지 알고 있었지. 그리고 뇌물을 받고는 주소를 알려준 거야.

그는 위컴도 만났고 리디아도 만났어. 리디아를 만나서 돌아가라고 설득하기 위해서였지. 하지만 리디아의 결심이 너무 확고했다고 하더라. 가족이고 친구고 관심 없고 위컴이면 된다고 했다나봐. 즉 결혼이 하고 싶었던 거야. 하지만 위컴은 달랐단다. 그는 결혼은 염두에 두고 있지도 않았어. 도박 빚이 급해서 그냥 도망친 거라고 자백했대. 리디아와 야반도주한 책임을 모두 리디아에게 미루더라고 하더라. 그는 아무런 대책도 없었던 거야. 어디든 가야 하는데 어디로 가야 할지도 모르겠고 먹고 살 방법이 없다고 했다는 거야.

다시 씨는 그와 협상을 하려고 그를 몇 번 더 만난 모양이야. 위컴은 말도 안 되는 많은 걸 원했어. 결국 둘은 타협을 보았단다.

그와의 협상이 마무리된 며칠 후 다시 씨는 네 외삼촌을 찾아온 거야. 바로 찾아오고 싶었지만 그때 네 아버지가 런던에 계셨기 때문이라고 하더라. 이야기 상대로 네 아버지보다는 외삼촌이 낫다고 판단한 거지.

외삼촌과 다시 씨는 세 번이나 만나야 했어. 그 사람이

하도 고집을 부렸기 때문이야. 그 사람 정말 고집이 세더라. 아마 그 사람의 유일한 단점일지도 몰라. 조카딸 문제니까 외삼촌이 직접적으로 도움을 주고 싶은 게 당연한 거 아니니? 그 사람은 소식만 전하고 물러나면 되잖니? 그런데 그는 막무가내로 자신이 모든 일을 다 해결하려고 들었어. 결국 외삼촌이 양보할 수밖에 없었단다. 결국 외삼촌은 직접 도움을 주지도 않은 채 그 공로만 떠안게 된 건데 외삼촌 성격에 얼마나 꺼림칙하게 여겼을지는 리즈 너도 잘 알 거야.

오늘 네 편지를 받고 외삼촌은 기뻤단다. 고마움과 찬사가 당연히 받아야 할 사람에게 돌아갈 수 있게 되었으니까. 하지만 리지야, 이 일은 너만 알고 있거나 기껏해야 제인 정도만 알고 있어야지 이리저리 퍼지면 안 된다. 다시 씨가 신신당부했으니까.

그 젊은이들을 위해 그 사람이 베푼 도움이 구체적으로 어떤 건지 너도 알아야겠지? 그의 빚을 갚는 데 1,000파운드 넘는 돈이 들었고, 리디아 지참금 몫으로 1,000파운드를 더 얹어주었단다. 위컴의 장교직도 돈으로 사야 했지.

이 모든 것을 다 혼자 처리한 이유는 내가 앞에서 말한 그대로란다. 어느 정도 사실일 거야. 하지만, 사랑하는 리지야, 분명히 알아둬라. 그 사람이 오로지 그 때문에 이 일에 나선 거라고 생각했다면 외삼촌은 절대로 양보하지 않았을 거야. 그 사람에게 다른 농기도 있겠다고 생각하지 않았으면 외삼촌 성격에 그 사람이 모든 걸 다 책임지도록 내버려두었겠니?

리지야, 이제 모든 걸 다 말한 것 같다. 아마 크게 놀랐을 거야. 하지만 네게 불쾌감을 주지는 않았길 바란다.

리지야, 이번 기회에 내가 다시 씨를 정말 좋아한다고 말하면 화를 내겠니? 그는 모든 면에서 더비셔에서 우리가 만났을 때랑 똑같았어. 그의 판단력과 생각이 너무 마음에 든단다. 약간 활기가 부족한 것을 빼놓으면 정말 나무랄 데가 없단다. 그가 신중하게 배우자를 골라 결혼한다면 아내에게서 그 활기를 배우게 되겠지.

나는 그가 무척 엉큼하다고 생각한단다. 좀처럼 네 이름을 입에 담지 않았거든. 하지만 엉큼한 게 젊은 사람들 유행인가보다. 너도 못지않잖아. 내가 주제넘었다면 제발 나를 용서하려무나. 아니면 최소한 펨벌리에 내가 발길을 못하도록 벌을 내리지는 말아주려무나. 내가 다시 그

영지를 돌아보게 되기 전에는 행복할 수가 없을 것 같구
나. 멋진 작은 조랑말이 끄는 낮은 사륜마차면 딱이겠다.
이만 편지를 마쳐야겠다. 애들이 반 시간 동안이나 나를
부르고 있거든. 그럼, 안녕.

　　　　　9월 6일 그레이스 처치에서, M. 가디너

　편지를 다 읽고 엘리자베스는 안절부절못했다. 기쁨이 큰지
고통이 큰지 알 수 없었다. 그동안 그녀가 불안한 가운데 막연
히 품었던 의혹이 사실로 드러난 것이다. 다시 씨가 리디아의
결혼을 성사시키는 데 무슨 역할을 했을지도 모른다는 의혹,
있을 수 없는 너무 큰 호의라서 그런 생각을 한다는 것 자체를
두려워했던 의혹, 엄청 고통스러운 부담감이 따를 것이기에 사
실이 아니길 바랐던 그 의혹이 사실임이 판명된 것이다.

　그는 그 일을 성사시키기 위해 혐오하고 경멸했던 영 부인을
만났다. 게다가 그 여자에게 부탁도 서슴지 않았다. 이름을 언
급하는 것조차 형벌과 다름없는 남자를, 그것도 한두 번이 아
니라 여러 번 만나서 설득뿐 아니라 매수까지 해야 했다. 그뿐
인가. 좋아하지도 않는 여자, 경멸하는 여자를 구하기 위해 이
모든 일을 했던 것이다. 그가 엘리자베스 자신을 위해 그 모든

일을 했다고 그녀의 마음이 속삭이고 있었다.

그러나 그녀는 곧 스스로 그런 생각을 부인했다. 다시 씨가 위컴과 그런 관계로 맺어지는 데 얼마나 큰 혐오감을 갖고 있을 것인가! 이미 청혼을 거절했던 자신에게 그런 혐오감을 이길 만큼의 큰 애정을 그가 여전히 지니고 있으리라고 생각한다는 것은 그 얼마나 터무니없는 허영심인가! 위컴과 동서지간이 된다는 생각을 그가 할 수 있단 말인가! 그의 자존심이 도저히 허락할 수 없었을 게 뻔했다.

그녀는 보답을 할 수 없는 사람에게 은혜를 입었다는 사실에 너무 고통스러웠다. 엘리자베스는 그를 향해 그녀가 품었던 모든 불쾌한 감정들, 그에게 퍼부었던 시건방진 자신의 말들이 진심으로 후회되었다. 하지만 스스로 부끄러우면서도 그 사람이 정말 자랑스러웠다. 그녀는 외숙모가 그를 칭찬한 부분을 읽고 또 읽었다. 칭찬이 좀 모자란 듯했지만 그래도 기뻤다.

제4장

얼마 안 있어 위컴과 리디아는 롱본을 떠났다. 그들이 떠나자 베넷 부인은 며칠 동안 기운이 없었다. 그런데 그녀를 우울에서 빠져나오게 만드는 소문이 돌기 시작했다. 네더필드의 주인이 몇 주간 사냥을 하기 위해 하루 이틀 후에 내려온다는 소문이었다. 베넷 부인은 어쩔 줄 몰라 했다.

제인은 그가 온다는 소식을 듣고 안색이 변했다. 엘리자베스와 단둘이 있게 되자 그녀가 말했다.

"리지야, 내가 그 소식을 들었을 때 내 얼굴을 봤지? 내가 착잡해 보였으리라는 건 나도 알아. 하지만 사람들이 나를 쳐다봐서 당황했을 뿐이야. 내가 무슨 어리석은 생각을 품고 있다고 생각하지 말아줘. 나는 그 소식 때문에 기쁘지도 않고 괴롭지도 않아."

엘리자베스는 언니의 그 말을 어떻게 해석해야 할지 알 수 없었다. 그녀가 더비셔에서 그를 만나지 않았더라면 그가 정말로 사냥을 하러 오는 것이라고 생각했을 것이다. 하시만 그가 여전히 제인을 좋아하고 있다는 것은 확실했다. 그녀가 궁금해한 것은 그가 친구 다시 씨의 허락을 받고 왔을까, 아니면 허락 없이 올 만큼 대담해졌을까 하는 것이었다. 제인을 보니 자신의 말과는 달리 그녀는 흔들리고 있었다. 기분이 그 어느 때보다 불안정했고 한결같지 않았다. 어머니를 비롯해 주변에서 더 흥분하는 것이 그녀를 더욱 못 견디게 했다.

그가 도착할 날이 가까워지자 제인이 엘리자베스에게 이렇게 말했다.

"난 그를 아무렇지도 않게 대할 수 있어. 하지만 이렇게 계속 그 사람 얘기를 듣는 건 정말 힘들어. 어머니야 좋은 뜻으로 하시는 말씀이겠지만 그 말 때문에 딸이 얼마나 괴로워하는지는 모르실 거야. 그가 네더필드를 떠나는 날 나는 행복해질 거야."

엘리자베스는 제인을 위로해주는 수밖에 없었다.

드디어 빙리 씨가 네더필드에 도착했다. 베넷 부인은 그에게 언제 초대장을 보내야 할지 노심초사하고 있었다. 그런데 사흘

째 되는 날 아침, 그가 말을 타고 목장을 통해 집 쪽으로 다가오는 것이 창문을 통해 보였다. 그녀가 기쁨에 겨워 딸들에게 소리쳤다. 제인은 못 들은 척 테이블에 그대로 앉아 있었다. 엘리자베스는 일어나서 창가로 갔다. 그녀는 놀랄 수밖에 없었다. 다시 씨가 그와 함께 오고 있는 것이 아닌가! 그녀는 얼른 제인 옆으로 와서 앉았다.

"엄마, 어떤 신사와 함께 오네. 누굴까?" 키티가 소리쳤다.

"맙소사, 다시 씨구나. 하지만 빙리 씨 친구라면 누구나 환영이지. 사실은 정말 꼴 보기 싫은 사람인데……."

제인은 놀랍고 걱정스러워서 엘리자베스를 쳐다보았다. 그녀는 엘리자베스와 다시가 더비셔에서 만났던 일에 대해서는 모르고 있었다. 그녀는 그가 해명 편지를 엘리자베스에게 보낸 후 처음 만나는 거라고 생각하고 있었기에 걱정이 되었던 것이다.

두 자매는 똑같이 마음이 편치 않았다. 하지만 엘리자베스가 불편해하는 이유를 제인은 모르고 있었다. 엘리자베스는 아직 외숙모의 편지를 제인에게 보여주지 않았고 그를 향한 자신의 감정이 변했다는 것을 이야기해주지 않았다. 용기가 나지 않아서였다. 제인에게 다시 씨는 엘리자베스가 청혼을 거절했던 남성일 뿐이었다.

하지만 엘리자베스에게는 달랐다. 그는 온 가족이 은혜를 입은 남성이었다. 게다가 제인이 빙리에게 가진 관심 못지않게 자신이 큰 관심을 갖게 된 남자였다. 그가 롱본으로 와서 자발적으로 찾아오는 것을 보고 엘리자베스는 더비셔에서 그의 바뀐 태도를 처음 보았을 때처럼 큰 충격을 받았다.

이윽고 신사들이 집 안으로 들어섰다. 제인의 얼굴은 눈에 띄게 창백했다. 엘리지베스는 그녀보다 훨씬 침착했지만 신사들이 다가오자 그녀의 얼굴도 점점 붉어졌다.

엘리자베스는 형식적인 예의를 갖추어 그들에게 짧게 인사한 후 다시 자리에 앉아 열심히 바느질에 몰두했다. 그녀는 용기를 내어 다시 씨를 흘낏 쳐다보았다. 그는 심각한 표정을 하고 있었다. 펨벌리에서 보았을 때의 모습보다는 그전에 하트퍼드셔에서 보던 모습에 가까웠다.

그녀는 빙리 씨를 잠깐 살펴보았다. 그는 기뻐하면서도 동시에 당황하고 있는 게 역력했다. 베넷 부인은 빙리 씨는 정중하게 맞이하면서도 그의 친구에게는 고개만 까딱하며 냉랭하게 형식적인 인사만 했다.

다시 씨는 엘리자베스에게 가디너 부부의 안부를 묻는 외에는 거의 아무 말도 하지 않았다. 더비셔에서는 그녀에게 호감을 주려고 그렇게 애를 썼는데 지금은 완전히 달랐다. 그녀는 실망했으며 그와 동시에 실망하는 자신에게 화가 났다.

'도대체 내가 무슨 기대를 하고 있는 거야. 그런데 저 사람은 왜 왔을까?'라고 그녀는 생각했다.

어머니는 예상했던 대로 리디아의 결혼 이야기를 했다. 엘리자베스로서는 견딜 수 없는 이야기였다. 더욱이 어머니가 위컴을 칭찬하며 워낙 사람이 좋으니까 어려울 때 도와줄 친구도 있다는 이야기를 할 때는 너무 수치스러워 도저히 가만히 있을 수 없었다. 하지만 그 덕분에 말할 용기가 생겼다. 그녀는 빙리 씨에게 얼마나 이곳에 머물 예정이냐고 물었다. 그러자 빙리 씨가 몇 주간 있을 것 같다고 대답했다. 어머니가 가만히 있을 리 없었다.

"빙리 씨, 다른 곳에서 새를 다 잡으면 이곳 베넷 씨 영지에서 마음껏 사냥하세요. 베넷 씨에게 당신이 잡을 메추라기를 남겨놓으라고 할게요."

어머니가 주제넘는 관심을 보이자 엘리자베스는 더욱 비참해졌다. 모든 일이 한 해 전과 똑같이 흘러갈 것이 분명했다. '내 가장 큰 소원은 앞으로 이 사람들과 더 이상 만나지 않는 거야. 이런 비참한 기분을 어떻게 보상받을 수 있겠어. 아아, 이 사람이든 저 사람이든 다시는 안 만났으면 좋겠어'라고 그녀는 생각했다.

하지만 그녀는 곧 위안을 받았다. 제인을 향한 빙리 씨의 표정이나 태도가 더없이 다정한 것을 발견한 것이다. 그는 여전히 그녀가 아름답고 선량하며 꾸밈이 없다는 것을 확인했음이 틀림없었다.

그들이 떠나자마자 엘리자베스는 기분 전환을 위해 산책을 나왔다. 그녀는 다시 씨의 행동에 충격을 받았고 은근히 짜증도 났다. '도대체 그렇게 아무 말도 안 하고 있을 거면 왜 온 거지? 나를 멀리할 거면 왜 온 거야? 놀리는 거야, 뭐야!'

화요일이 되자 신사들이 롱본에 다시 왔다. 그날 어머니가 파티 비슷한 것을 열어서 그곳에는 동네 사람들이 많이 모여 있었다. 집 안으로 들어선 빙리 씨는 잠시 망설이는 것 같더니 제인 옆자리로 가서 앉았다. 저녁 식사 동안 빙리가 제인을 대하는 태도에는 조심스럽긴 해도 제인을 사랑하는 마음이 담겨 있었다.

다시 씨는 식탁에서 어머니 옆자리에 앉아 있었다. 엘리자베스와는 가장 멀리 떨어진 자리였다. 둘은 거의 말을 하지 않았고 설사 말을 나누더라도 지극히 형식적인 태도일 뿐이었다. 어머니가 그에게 무례하게 굴면 굴수록 가족 전체가 그에게 지고 있는 빚이 생각나 그녀는 괴로웠다. 가족 중에 그에게 감사를 느끼는 사람도 있다는 것을 그에게 전할 수만 있다면 못 할 일이 없을 것 같은 심정이었다.

그녀는 저녁 때 그와 자리를 함께 할 기회가 오기를 진심으로 바랐다. 의례적인 인사 이외에 뭔가 대화다운 것을 나눌 수 있기를 바랐다. 그녀는 응접실에서 그들이 들어오기를 초조하게 기다렸다. 이윽고 그들이 응접실로 들어왔다. 그러자 응접실에 있던 젊은 여자들이 그를 둘러쌌다. 그녀는 눈으로 그를 좇으며 그에게 스스럼없이 말을 거는 여자들을 부러워했다. 그러면서 그렇게 어리석게 구는 자신에게 화가 났다.

'나는 정말 어리석은 여자야. 한번 거절당한 사람이잖아. 그런데 그가 여전히 날 사랑하길 기대하다니!'

그런데 그가 커피 잔을 들고 커피를 따라달라며 그녀 곁으로 왔다. 그녀는 용기를 내어 말을 걸었다.

"누이동생은 아직 펨벌리에 계시나요?"

"그렇습니다. 크리스마스 때까지는 거기 있을 겁니다."

"혼자 계시나요? 친구분들은요?"

"앤즐리 부인과 단둘이 있습니다. 다른 사람들은 3주 전에 스카보로로 떠났습니다."

더 이상 할 말을 생각해낼 수 없었다. 그는 말없이 서 있다가 아까 그에게 말을 걸었던 숙녀가 와서 귓속말을 건네자 이내 가버렸다.

베넷 부인은 그들을 저녁 식사 시간까지 잡아둘 계획이었다. 하지만 그 이야기를 꺼내기도 전에 그들의 마차가 도착했고 그들은 바로 돌아갔다.

며칠 후 빙리 씨 혼자 롱본으로 왔다. 다시 씨는 아침에 런던으로 떠났으며 열흘 후에 돌아올 예정이라고 했다. 그는 한 시간 정도 있다가 돌아갔는데 기분이 무척 좋아보였다. 베넷 부인은 다음 날 별일이 없으면 저녁을 대접하겠다고 했고 그는 선선히 초대를 받아들였다.

다음 날 빙리 씨는 약속한 시각에 롱본으로 왔다. 베넷 부인은 빙리 씨와 제인 단둘이 이야기를 나눌 수 있게 배려했고 덕분에 그들은 단둘이 이야기를 나눌 기회를 갖게 되었다. 어디론가 편지 쓸 일이 있어 자기 방에 있던 엘리자베스가 편지를 다 쓴 후 거실로 들어가니 언니와 빙리 씨가 벽난로 쪽에 함께 서서 진지한 대화를 나누고 있는 모습이 보였다. 엘리자베스가 나타나자 그들은 황급히 돌아서며 멀찍이 떨어졌다. 하지만 두 사람의 얼굴이 모든 것을 말해주고 있었다. 두 사람은 무척 어색한 것 같았다. 하지만 엘리자베스가 더 어색했다. 엘리자베스가 거실 밖으로 나가려는 순간, 빙리 씨가 제인에게 몇 마디 속삭이더니 먼저 밖으로 나갔다.

제인은 기쁜 일을 엘리자베스에게 숨겨본 적이 없었다. 그녀는 동생을 껴안으면서 자기가 이 세상에서 가장 행복한 사람이라는 것을 인정했다.

"이건 너무 과분해, 정말 너무너무 과분해. 아, 모든 사람들이 나처럼 행복할 수 있다면!"

엘리자베스는 진심으로 제인을 축하해주었지만 제대로 말로 표현할 수가 없었다. 제인이 갑자기 정신이 든 듯이 말했다.

"아, 어머니에게 내가 가서 말해야겠어. 그 사람은 아버지에게 갔어. 내가 어머니에게 해드릴 말이 우리 사랑하는 가족들에게 기쁨을 주겠지? 아아, 너무 벅차게 행복해!"

엘리자베스는 지난 여러 달 동안 긴장감과 괴로움을 주었던 일이 이렇게 빠르고 자연스럽게 해결된 것이 너무나 만족스러웠다. 그녀는 미소를 띠며 생각했다.

'그래, 다시 씨가 그토록 용의주도하게 신경 쓴 결과가 이거

란 말이지! 빙리 씨 여동생이 온갖 책략을 동원해서 방해한 결과가 이거란 말이지! 얼마나 멋진 결말이야!'

몇 분 후 빙리 씨가 그녀에게 다가왔다. 아버지와의 짧은 회담이 끝난 것이었다.

"언니는 어디 있지요?"

"2층에 어머니와 함께 있어요. 아마 곧 내려올 거예요."

그러자 그가 눈을 딛고 그녀에게 다가오더니 처제로서 축복해달라고 말했다. 엘리자베스는 진심으로 형부와 처제로 맺어진 게 기쁘다고 말했다. 그들은 정말 마음에서 우러난 악수를 했다.

온 가족 모두에게 즐거운 밤이었다. 베넷 씨도 그렇게 행복한 모습을 보인 적이 거의 없을 정도였다. 하지만 밤이 되어 빙리 씨가 돌아갈 때까지도 베넷 씨는 그런 말은 한마디도 하지 않았다. 그가 돌아가자마자 아버지는 딸에게 돌아서며 말했다.

"제인, 축하한다. 너는 정말 행복한 여인이 될 거야. 너는 정말 착한 아이지. 너는 행복한 결혼을 하게 되어 있어. 제인, 나는 정말 기쁘단다. 둘이 성격이 너무 비슷하니 잘해낼 거야."

옆에 있던 베넷 부인이 가만있을 리 없었다. 그녀는 일이 이렇게 될 것을 이미 알고 있었다고, 그가 네더필드에 오자마자 제인과 결혼할 것 같은 예감이 들었다고 떠들어댔다. 그녀는 위컴이고 리디아고 모두 잊어버렸다. 그 순간 다른 딸들은 아무도 그녀의 안중에 없었다.

그날 이후 빙리 씨는 매일 롱본을 방문했다. 당연한 일이었다. 아침 식사 전에 와서 늘 저녁 식사가 끝날 때까지 있었다.

엘리자베스는 제인과의 대화를 통해 빙리 씨가 그동안 제인에게 소홀했던 이유를 말하지 않은 것을 알고 기뻤다. 만일 친구의 개입으로 그런 일이 벌어진 것을 알았다면, 제아무리 너그러운 제인이라 할지라도 다시 씨에 대해 편견을 가질 것이 틀림없다고 생각했다.

롱본 가족에게 일어나고 있는 일이 오래 비밀로 남아 있을 수는 없었다. 베넷 부인이 곧 필립스 부인에게 그 비밀을 속삭였고 필립스 부인은 마치 비밀 누설 허락이라도 받은 듯이 모든 이웃 사람들에게 속삭였던 것이다.

베넷 가족이 이 세상에서 가장 운 좋은 집안이라는 소문이 신속하게 쫙 퍼졌다. 불과 몇 주 전, 리디아가 야반도주했을 때만 해도 세상에서 가장 불행한 집안이라고 쑥덕거렸건만!

제5장

빙리 씨와 제인이 약혼한 지 1주일 쯤 지난 어느 날 아침, 빙리와 여성들이 거실에 앉아 있는데 마차 소리가 들려왔다. 밖을 내다보니 화려한 사륜마차 한 대가 잔디밭을 따라 오는 것이 보였다. 마차나 마차를 끄는 하인들의 제복 모두 낯설었다. 손님이 오기에는 너무 이른 시각이었다. 빙리 씨는 제인에게 자리를 피하자며 숲으로 산책을 나갔다.

두 사람이 나간 뒤 남은 세 사람, 베넷 부인과 키티, 그리고 엘리자베스가 도대체 누굴까 하며 궁금해하고 있는데 문이 확 열리더니 손님이 들어섰다. 캐서린 드 버그 부인이었다. 세상에 그보다 놀라운 일은 없었다. 캐서린 부인을 알지 못하는 베넷 부인과 키티는 놀랐다기보다는 충격을 받았다.

캐서린 부인은 평소보다 훨씬 무례한 태도로 방 안에 들어서더니 인사를 건네는 엘리자베스에게는 고개만 까딱하고는 자리에 앉았다. 엘리자베스는 어머니에게 그녀가 누구인지 말해 주었다.

놀라 어쩔 줄 몰라하던 베넷 부인은 그토록 지체 높은 귀부인이 자신의 집을 찾아준 데 대해 우쭐함을 느꼈다. 그녀는 정중한 태도로 귀부인에게 인사를 했다. 캐서린 부인은 잠시 말없이 앉아 있다가 매우 뻣뻣한 태도로 엘리자베스에게 말했다.

"베넷 양, 잘 지냈어요? 저 부인이 어머니이신 모양이군요. 저쪽은 여동생인 모양이고."

그녀는 잠시 정원이 작다는 둥, 창문이 온통 서향이라서 여름에는 앉아 있기 불편하겠다는 둥 이런저런 이야기를 늘어놓더니 엘리자베스에게 정색을 하고 말했다.

"베넷 양, 오다보니 잔디밭 쪽에 예쁜 숲이 있던 것 같던데, 잠시 나와 그쪽으로 가보지 않겠어요?"

엘리자베스는 순순히 그러겠다고 말한 후 자기 방으로 달려가 양산을 가져오더니 그 지체 높은 손님과 함께 밖으로 나갔다.

작은 숲으로 들어가자마자 귀부인이 말을 먼저 꺼냈다.

"베넷 양, 내가 여기 온 이유를 몰라서 당황하는 건 아니겠지요."

"부인, 잘못 아셨습니다. 저는 부인께서 오신 이유를 정말 모릅니다."

"베넷 양, 널 갖고 놀면 안 된다는 걸 모르나? 하지만 베넷 양이 어떻게 굴건 솔직히 말하겠어. 이틀 전에 매우 놀라운 소문이 들렸어. 베넷 양 언니가 아주 유리한 결혼을 하게 될 거라는 소문이지. 그뿐 아니라 바로 당신, 엘리자베스 베넷 양도 내 조카 다시와 맺어질 거라는 소문도 들려왔어요. 터무니없는 소문이란 건 알았지만 그래도 확인해보려고 이렇게 온 거예요. 자, 여기 앉아서 차분히 이야기하지."

"터무니없다는 걸 아시면서 어떻게 이 먼 곳까지 몸소 오셨나요? 뭘 어떻게 하시려는 거지요?" 엘리자베스가 충격과 모멸감으로 얼굴색이 변하며 말했다.

"그래, 그 소문을 모르고 있었다고 잡아뗄 작정인가?"

"전 그런 소문을 들은 적 없습니다."

"그렇다면 달리 묻지. 베넷 양, 난 꼭 대답을 들어야겠어. 내 조카가 청혼을 했는가?"

"귀부인께서 그럴 리 없다고 하시지 않으셨습니까?"

"이성적으로 생각한다면 그럴 리 없지. 하지만 자네가 유혹했을 수도 있어. 그래서 순간적으로 가문에 대한 의무를 잊게 만들 수도 있단 말이야."

"만일 제가 그랬다면 절대 고백하지 않겠지요."

"베넷 양, 내가 누구인지 아는가? 나는 그의 가장 가까운 친척이고 그에 관한 일은 다 알 권리가 있어."

"하지만 제 일에 대해 아실 권리는 없으실 텐데요."

"내 분명히 말해두지. 자네가 아무리 주제넘게 기어오르려고 해도 소용없어. 다시는 일찍이 내 딸과 정혼한 사이야. 걔들이 아직 요람에 있을 때 신랑 어머니와 내가 이미 약속한 사이야. 자네가 그걸 방해할 수는 없어."

"무슨 말씀하시는지 모르겠습니다. 그들이 정혼한 게 저와 무슨 상관이 있습니까? 다른 반대 이유라면 몰라도 두 분이 미리 약속하셨다는 게 다시 씨와 저의 결혼을 막을 이유는 되지 못합니다. 양쪽 어머니께서는 둘의 결혼을 계획하셨다고요? 그걸로 두 분의 역할은 끝난 게 아닌가요? 그 계획을 완수하느냐 아니냐는 전혀 다른 사람 몫이 아닌가요? 다시 씨가 사촌에게 끌리지 않는다면 그가 왜 다른 상대를 선택하면 안 되지요? 그가 저를 선택한다면 제가 왜 그를 못 받아들인다는 건가요?"

"그렇게 되면 명예, 법도에도 어긋나고 자네 고통만 커질 것이기 때문이지. 만일 그렇게 된다면 그대는 우리 가문 모든 사람들에게서 비난받고 경멸당하게 될 거야."

"큰 불행이네요. 하지만 그런 걸 다 덮어줄 행복을 누릴 수 있게 되겠지요."

"고집 세고 방자한 여성이군!"

캐서린 부인은 길게 자신의 가문에 대해 늘어놓았고 다시 씨와 자기 딸의 결혼이 얼마나 운명적인 것인지 말한 후 덧붙였다.

"그런데 가문도 인맥도 재산도 없는 젊은 여자가 갑자기 나타나 둘을 갈라놓으려 하다니! 이걸 참고 견디란 말인가! 출신의 한계를 알아야지."

"제가 부인의 조카와 결혼하는 게 그 한계를 벗어나는 거라고는 생각하지 않습니다. 그분도 신사이고 저도 신사의 딸입니다."

"맞아, 자네는 신사의 딸이야. 하지만 자네 어머니는 뭔가? 외숙부, 외숙모, 이모, 이모부는 다 뭐란 말인가? 내가 그들의 사회적 신분을 모를 것 같은가?"

"제 친척들이 어떤 분들이건 간에, 그분들을 부인의 조카가 받아들인다면 그만 아닌가요? 그들은 부인과 아무 상관없는 사람들 아닌가요?"

"자, 다시 한 번 거짓 없이 말해보게. 내 조카와 약혼을 했는가?"

"안 했습니다."

캐서린 부인이 기쁜 표정을 지었다.

"그러면 절대로 약혼하지 않겠다고 내게 약속할 수 있겠나?"

"그런 약속은 해드릴 수 없습니다."

"이거 정말 놀랍네. 나는 자네가 이성적이라고 생각했는데 영 생각과 달라. 어쨌든 확실한 대답을 듣기 전에는 가지 않을 거야. 내가 쉽게 물러나리라고 생각한다면 오산이야."

"저는 절대로 그런 답변을 해드릴 수 없습니다. 어떤 협박을 받아도 그런 터무니없는 짓은 하지 않을 겁니다. 아니, 제가 그런 약속을 한다고 해서 다시 씨와 부인의 따님이 결혼할 가능성이 커지리라 생각하시는 겁니까? 제가 청혼을 거절하면 당연히 사촌에게 청혼을 할 거란 말씀이신가요? 정말 터무니없고 무분별한 요구를 하고 계신 겁니다. 부인께서 자기 일에 간섭하는 걸 부인의 조카님이 어떤 식으로 받아들일지 저는 모릅니다. 하지만 부인께서 제 일에 관여하실 권리는 분명 없으십니다. 그러니 더 이상 그런 요청을 제가 받는 일이 없게 해주시길 부탁드립니다."

"내 이 이야기는 안 하려고 했는데 도리가 없군. 내가 자네막내 동생이 저지른 수치스러운 짓을 모를 줄 아는가? 그런 여자가 내 조카의 처제가 된다고! 돌아가신 부친의 집사 아들이

동서가 된다고! 펨벌리의 숲이 그렇게 더럽혀질 수 있다고 보는가!"

"부인, 더 이상 하실 말씀이 있으신지요. 더 이상 모욕을 받고 싶지는 않습니다."

말을 마친 엘리자베스는 앉은 자리에서 일어났다. 캐서린 부인은 격분했다.

"그렇다면 그와 결혼하겠다고 결심한 건가?"

"제가 그런 말씀을 드린 적이 있나요? 다만 저는 부인처럼 아무 연관 없는 사람이 뭐라고 하건 전혀 상관하지 않고, 제 행복을 이루어줄 수 있는 행동을 하겠다고 말씀드렸을 뿐입니다."

"좋아, 결국 내 말을 못 들어주겠다는 거로군. 의무, 명예, 감사를 거부하고 있어."

"만일 제가 다시 씨와 결혼한다 하더라도 저는 의무, 명예, 감사를 거부하는 게 전혀 없습니다. 이번 일에 그런 건 해당이 안 됩니다. 그가 저와 결혼한다고 해서 세상 사람이나 가족들이 흥분한다고 해도 저는 신경을 쓰지 않을 것입니다."

"그래, 그게 그대의 솔직한 생각이군. 하지만 베넷 양, 자네의 야심이 이루어지리라고 기대는 하지 마. 내가 가만히 두고 볼 것 같은가!"

캐서린 부인은 몸을 홱 돌려 마차로 향했다. 엘리자베스는 아무 말도 하지 않았다.

집으로 돌아온 엘리자베스는 착잡했다. 캐서린 부인은 자기와 다시 씨가 약혼했다고 생각하고 그것을 깨기 위해 이곳에 온 게 분명했다.

'도대체 어떻게 그런 소문이 난 거지?'

그녀는 도무지 짐작조차 할 수 없었다. 그녀는 생각을 정리하지도 못한 채 그날 하루를 보냈다.

다음 날 아침, 아래층으로 내려가던 그녀는 층계참에서 아버지와 마주쳤다. 아버지 손에는 편지 한 장이 들려 있었다. 그녀를 보자 아버지가 말했다.

"리지야, 너를 찾으려던 참이다. 서재로 따라 들어오렴."

엘리자베스는 호기심에 아버지를 따라 서재로 들어갔다. '무슨 편지일까? 캐서린 부인에게서 온 건지도 몰라.'

그녀가 벽난로 옆에 앉자 아버지가 말했다.

"오늘 아침 편지를 받고 무척 놀랐다. 나는 내 딸 둘 다 결혼을 앞두고 있다는 걸 몰랐었구나. 그렇게 신분이 높은 사람의 사랑을 받다니 축하해야겠다."

엘리자베스는 순간적으로 얼굴이 붉어졌다.

'그렇다면 다시 씨에게서 온 편지란 말인가?'

순간 아버지가 말했다.

"이 편지는 콜린스 씨에게서 온 거란다."

"콜린스 씨요! 그가 무슨 할 말이 있는 거지요?"

"곧 있을 제인의 결혼을 축하한 다음 네 이야기를 썼더구나. 자, 네가 직접 읽어봐라."

엘리자베스가 읽어보니, 개서린 부인이 소문이라고 했던 내용이 그대로 적혀 있었다. 즉 다시 씨가 엘리자베스를 동반자로 선택한 것 같다는 내용이었다. 콜린스는 편지에 다시 씨가 얼마나 굉장한 인물인지 길게 늘어놓았다. 하지만 그의 요점은 거기에 있지 않았다. 어제 캐서린 부인의 의향을 은근히 떠보니 부인이 절대로 그 결혼을 승낙하지 않겠다고 했으며 성급하게 결정하지 말라는 충고가 뒤따르고 있었다. 엘리자베스는 그 소문이 콜린스 씨를 통해 캐서린 부인에게 들어간 것을 알 수 있었다.

아버지는 언제나 그렇듯이 별로 긴 말씀은 없었다. 다시 씨가 엘리자베스에게 그렇게 무관심하고 엘리자베스는 그를 노골적으로 싫어하는 것 같은데 이런 일이 벌어지다니 참 재미있다고만 말했을 뿐이었다. 아버지는 웃으며 말했다.

제3부

219

"그런데 리지야, 캐서린 부인이 이 소문에 대해 뭐라고 하시더냐? 찬성 못 하겠다고 알리러 오신 거냐? 말도 안 되는 소문에 대해 진지하게 생각하고 대답하려니 힘들었겠다."

아버지 말씀은 거의 농담 수준이었다. 엘리자베스는 자신의 실제 기분과는 다르게 아버지와 맞장구치며 웃어넘기려니 너무 힘이 들었다.

엘리자베스는 다시 씨가 빙리 씨를 통해 그런 소문이 난 데 대해 변명하는 편지 정도는 보내겠구나, 라고 생각하고 있었다. 그런데 캐서린 부인의 방문이 있은 지 얼마 되지 않아 다시 씨가 빙리 씨와 함께 롱본으로 왔다.

다시와 빙리, 그리고 엘리자베스와 제인 넷이 숲으로 산책을 나갔다. 빙리는 자연스럽게 제인과 짝을 이루어 걸었고 엘리자베스가 다시와 함께 걷게 되었다. 그녀는 용기를 내이 말했다.

"다시 씨, 저는 이기적인 사람입니다. 솔직히 제 감정을 털어놓는 여자이지, 당신의 마음에 상처를 줄까봐 제 감정을 감추는 여자가 아닙니다. 저는 당신에게 감사의 말씀을 드리지 않고는 배길 수가 없습니다. 불쌍한 제 동생을 위해 베풀어주신, 보기 드문 친절에 대해 말씀드리는 겁니다. 그 사실을 알게 된 후 제가 얼마나 감사하는지 당신에게 꼭 알리고 싶었습니다."

다시가 놀란 표정으로 말했다.

"아, 정말 죄송합니다. 당신을 불편하게 만들 수 있는 사실을 그런 식으로 알게 만들다니. 가디너 부인이 그렇게 믿을 만한 분이 못 되는 줄 정말 몰랐습니다."

"외숙모님 잘못이 아니에요. 리디아가 제일 먼저 발설했어요. 제가 외숙모님께 졸라서 사정을 알게 된 거고요. 제 가족 전체를 대표해서 정말 감사드리고 또 감사드려요. 그런 엄청난 수고를 하시고 또 그런 엄청난 굴욕을 감수하시다니……."

"내게 군이 감사를 표시하고 싶다면 당신 혼자만 하세요. 당신 가족은 제게 빚진 게 없습니다. 저는 오로지 당신만 생각하고 한 일이니까요."

엘리자베스는 너무나 당황하여 말을 할 수가 없었다. 그가 얼마간의 침묵 후 결심한 듯 입을 열었다.

"당신은 나를 갖고 놀리실 그런 분은 아니겠지요. 이제 정말 솔직하게 말씀해주십시오. 나를 향한 당신의 감정이 여전히 지난 4월 그대로라면 당장 그렇다고 말씀해주십시오. 나는 여전히 당신을 사랑하고 당신과 결혼하고 싶지만 당신 마음이 그때와 같다고 한마디만 하시면 다시는 이 문제를 입 밖에 꺼내지 않겠습니다."

그녀는 그런 말을 하는 그의 마음을 즉시 헤아릴 수 있었다. 아, 지금 그가 얼마나 어색하고 괴로울까! 그녀는 즉시 말문을 열었다. 그녀는 떠듬떠듬 그때 이후 자신의 감정은 굉장히 많이 변했다고 말했다. 그리고 용기를 내어 말했다. 이제는 그의 마음을 고맙게 받아들일 수 있게 되었다고 말한 것이다.

그 대답 한마디에 다시가 얼마나 행복해했는지는 누구나 짐작할 수 있을 것이다. 엘리자베스는 눈을 들어 그를 볼 수는 없었지만 그의 목소리에서 그것을 느낄 수 있었다.

그들은 어디로 향하는지도 모르는 채 계속 길을 걸어갔다. 생각하고 느끼고 말할 것이 너무 많았다. 다시 씨는 이모 이야기를 했다. 그의 이야기를 듣고 엘리자베스는 바로 그 이모가 그들이 이렇게 서로의 마음을 이해할 수 있게 만들어준 장본인임을 알 수 있었다.

캐서린 부인은 다시의 마음을 돌릴 생각에 엘리자베스에 대해 한껏 험담을 늘어놓았다. 특히 엘리자베스가 얼마나 괴팍하며 오만한지 그녀가 했던 말을 그대로 들려주며 다시를 설득했다. 귀부인에게는 너무나 안된 일이었지만 결과는 정반대였다.

다시 씨가 말했다.

"이모님 말씀을 듣고 저는 희망을 갖게 되었습니다. 그전에는 좀처럼 엄두도 못 내던 일이었는데요."

엘리자베스는 얼굴이 붉어졌고, 웃으며 대답했다.

"내가 그분께 그런 소리를 할 수 있는 사람이라는 걸 당신은 이미 잘 알고 있었잖아요. 당신 면전에서 당신을 그렇게 지독하게 비난했던 적이 있으니까요."

"당신이 내게 한 말은 모두 옳았습니다. 그 근거가 빈약하긴 했지만 당시의 내 행동은 당신의 비난을 받을 만했습니다. 그 생각만 하면 스스로에게 혐오감이 치밉니다."

"그날 밤 누가 더 잘못했는지 따지지는 말기로 해요. 엄밀히 따져보면 그 누구도 잘했다고 보기 어렵지요. 하지만 그 이후로 우리 둘 다 훨씬 예의를 잘 갖추게 되었지요."

"당신이 말했지요. '좀 더 신사다운 모습으로 행동했다면'이라고. 그 말이 얼마나 나를 괴롭혔는지 당신은 알 수 없을 것입니다. 그 말이 옳다는 것을 인정하기까지 시간이 좀 걸렸다는 것은 고백해야겠습니다."

"아아, 저는 그 말이 그렇게 당신께 깊이 고통을 줄 줄 몰랐어요. 아! 그때 제가 뭐라고 했는지는 얘기하지 마세요. 정말이지 저도 오랫동안 부끄러웠거든요."

제3부

다시 씨는 자신의 편지 이야기를 꺼냈다.

"편지를 읽고 나에 대한 생각이 바뀌던가요? 그 내용을 믿게 되었나요?"

그녀는 그 편지가 자신에게 어떤 영향을 주었는지 설명했다. 그리고 그녀가 전에 가졌던 편견이 점차 사라지게 되었다고 말했다. 그러자 그가 말했다.

"그 편지를 쓸 때 나는 스스로 무척 차분하고 냉정하다고 생각했습니다. 하지만 나중에 생각하니 무척 비통한 기분으로 그 편지를 썼다는 것을 확실히 알게 되었습니다."

"우리 그 편지 이야기는 더 이상 하지 말아요. 당신이나 나나 그때의 감정과는 지금 너무 달라져 있으니까, 그에 얽힌 불쾌한 것들은 떨쳐버려야 해요. 당신은 제 철학을 좀 배우셔야 해요. 전 과거의 기쁜 일만 기억하려 애쓴답니다."

"당신 말을 받아들이기 어려운데요. 당신의 과거는 돌이켜봐도 아무런 비난받을 게 없으니까요. 그렇게 기쁜 일만 기억하려 애쓸 필요 없이 그냥 순진무구하게 과거를 돌아볼 수 있지요. 하지만 내 경우는 그렇지 않아요. 나는 평생, 원칙은 그렇지 않았다 하더라도 행동 면에서는 이기적이었어요. 어린 시절 나는 무엇이 옳은지는 배웠지요. 하지만 성격을 고치는 법은 배우지 못했어요. 좋은 원칙들을 배웠지만 그 당연한 원칙을 지키면서 자부심을 갖고 오만해진 겁니다. 나는 외아들이라서 부모님은 내가 그렇게 이기적으로 행동하도록 내버려두셨습니다. 어찌 보면 조장하셨다고 볼 수도 있지요.

나는 어떤 게 옳은 건지 판단력은 키울 수 있었지만 세상 사람들을 무시하게끔 자란 거지요. 다른 사람들은 나보다 분별력도 떨어지고 가치도 떨어진다고 생각하도록 자란 겁니다. 어릴 때부터 스물여덟이 된 지금까지 나는 그런 사람이었습니다. 엘리자베스, 당신을 만나지 않았다면 여전히 그랬을 겁니다.

나는 당신에게 너무도 큰 빚을 졌어요! 처음에는 받아들이기 힘들었지만 정말 유익한 교훈을 배우게 된 겁니다. 당신 덕분에 나는 겸손이 어떤 건지 제대로 배울 수 있었습니다. 그때 나는 당신이 나를 받아주리라는 것을 조금도 의심하지 않았습니다. 당신은 내게 깨우쳐준 것입니다. 당신을 사랑할 만한 자격을 다 갖추었다고 생각한 내 자신이 얼마나 모자란 존재인지를!"

"제 태도도 옳은 건 아니었어요. 그날 밤 이후 틀림없이 저를 미워하셨겠지요?"

"미워하다니요! 아마 처음에는 틀림없이 화가 났을 겁니다. 하지만 곧 그 분노가 올바른 길을 찾기 시작했지요. 저 <u>스스로</u>

에게 화가 난 겁니다."

"펨벌리에서 저를 만나셨을 때 왜 저에게 화가 나시지 않았어요?"

"아닙니다. 단지 놀랐을 뿐입니다."

"저보다는 덜 놀라셨을 거예요. 저는 양심상 정중한 인사를 받으리라는 기대도 하지 않았어요. 제 분수 이상으로 환대를 받으리라는 기대는 말할 것도 없고요."

"나는, 내가 과거의 일로 화가 나 있지 않다는 걸 보여주려고 당신을 정중하게 대접한 겁니다. 당신의 질책에 귀를 기울였다는 것도 보여주고 싶었지요. 처음에는 분명 그런 의도였는데……. 당신을 향한 다른 소망이 언제부터 다시 나타나게 되었는지는 정확히 모르겠습니다. 당신을 본 지 한 30분 정도 지났을 때가 아닌가 싶습니다."

그들은 이야기에 몰두하여 한가롭게 수 킬로미터를 거닌 후에야 시계를 보고는 집으로 돌아가야 할 시간이 되었음을 깨달았다. 돌아가면서 그들은 빙리와 제인에 대해 이야기를 나누었다.

빙리는 다시에게 제인과의 약혼을 제일 먼저 알렸고 다시는 매우 기뻐했었다.

"놀라지 않으셨냐고 물어봐도 될까요?" 엘리자베스가 말했다.

"전혀요. 그렇게 될 줄 이미 알고 있었습니다."

"말하자면 당신이 허락을 해준 셈이군요. 저도 그렇게 생각했었어요."

"런던으로 가기 전날 밤 내가 그에게 고백을 했습니다. 오래전에 했어야만 하는 고백이었지요. 내가 그의 일에 어떻게 간섭하고 주제넘은 짓을 했는지 다 말했습니다. 그는 무척 놀라더군요. 나는, 당신 언니가 그에게 무관심한 것 같다고 생각한 게 잘못이라고 분명히 말했습니다. 내가 이곳을 두 번 방문하면서 당신 언니 모습을 보고 직접 확인한 겁니다."

"당신이 그렇게 확신하니까 빙리 씨도 확신을 하게 된 거군요."

"그렇습니다. 빙리는 아무런 가식도 없고 겸손한 사람입니다. 너무 겸손해서 그런 마음 졸이는 문제에 대해 스스로 판단을 못하는 경우가 많지요. 하지만 나에 대한 신뢰로 모든 문제를 쉽게 풀어내곤 했지요."

집에 도착할 때까지 다시는 빙리의 행복을 빈다며 그들 이야기를 계속했다. 하지만 빙리의 행복이 자신의 행복만은 못할 것이라는 말도 잊지 않고 덧붙였다.

"리지야, 어디로 산책을 갔던 거니?" 엘리자베스가 방에 들어서자마자 제인이 질문했고 식탁에 앉아 있던 가족들도 함께

제3부

227

묻는 표정이었다. 그녀는 그냥 여기저기 돌아다녔다고 말하면서 얼굴이 붉어졌다. 하지만 그 누구도 이상하게 생각하는 기색은 없었다.

밤에 엘리자베스는 제인에게 비밀을 털어놓았다. 그 무언가를 의심하는 데 전혀 익숙해 있지 않은 제인까지도 믿기 힘들어했다.

"리지야, 농담하는 거지? 그럴 리 없어. 다시 씨와 약혼을 하다니! 아냐, 아냐! 난 안 속아. 그건 있을 수 없는 일이야."

"이거 시작부터 비참하네. 언니가 안 믿으면 도대체 누가 믿을까? 언니, 나 진지하게 말하는 거야. 그는 날 사랑하고 있고 우리는 결혼을 약속했어."

제인은 의심스럽다는 듯 엘리자베스를 쳐다보았다.

"오, 리지! 어떻게 그런 일이! 너 그 사람 정말로 끔찍하게 싫어했잖아!"

"언니, 언니는 아무것도 몰라. 어쨌든 내가 지금처럼 그를 사랑했던 적은 없었어."

"세상에! 정말 그럴 수 있는 거니! 그래, 이제 너를 믿을게. 그런데, 리지야, 정말 미안한 질문인데, 너 그 사람과 결혼해서 정말 행복할 수 있다고 확신하니?"

"물론이야. 우리는 이 세상에서 제일 행복한 부부가 될 거야. 언니, 그런 제부가 생기는 게 기쁘지 않아?"

"너무 좋아. 하지만 리지, 정말 묻고 싶어진다. 너 정말로 그 사람 사랑하지? 그렇게 싫어하던 사람을 언제부터 사랑하게 됐는지 말해줄래?"

엘리자베스는 제인에게 펨벌리와 램턴에서 있었던 일을 이야기해주었다. 그리고 그 일을 비밀로 해야만 했던 이유도 설명했다. 그러다보면 자연 빙리의 이름이 나오게 될 것이고 그렇게 되면 제인이 상처을 받을 것 같아서였던 것이다. 엘리자베스는 다시 씨가 리디아를 위해서 한 일도 모두 숨기지 않고 제인에게 말해주었다.

다음 날 아침 창가에 서 있던 베넷 부인이 외쳤다.

"저런! 저 기분 나쁜 다시 씨는 왜 저렇게 우리 빙리 씨를 따라오는 거야. 사냥을 가든지 다른 일을 하지 않고 왜 따라와서 방해하는 거야. 리지야, 빙리에게 방해가 안 되도록 네가 저 사람 데리고 산책 좀 가지 않을래?"

엘리자베스는 어머니가 그렇게 마음에 드는 부탁을 해본 적이 또 있을까 생각하며 웃지 않을 수 없었다.

이윽고 두 신사가 들어섰다. 빙리는 의미심장한 표정으로 엘리자베스를 바라보았다. 그리고 모든 걸 다 알고 있다는 태도로 그녀와 악수를 했다. 그러자 베넷 부인이 다시 씨에게 말했다.

"다시 씨와 리지에게 오늘 아침에는 오캄 언덕으로 산책을 해보라고 권하고 싶어요. 아주 좋은 곳인데 다시 씨는 그쪽에 못 가보셨지요?" 베넷 부인은 그 말을 하면서 정말 미안하다는 표정으로 엘리자베스를 쳐다보았다.

다시와 엘리자베스는 산책길로 나섰다. 산책을 하는 동안, 그날 밤 베넷 씨에게 결혼 허락을 그가 받기로 결정했다. 그리고 어머니 허락을 받는 일은 엘리자베스가 맡기로 했다.

밤에 베넷 씨가 서재로 들어가자마자 다시 씨가 일어나 그의 뒤를 따라갔다. 엘리자베스는 그 모습을 보고 너무 불안해졌다. 아버지가 반대하실까봐 걱정되지는 않았다. 제인이 결혼을 앞둔 마당에 자신마저 결혼해서 아버지 곁을 떠나게 되면 아버지가 얼마나 섭섭해하시고 괴로워하실까 걱정이 되었을 뿐이다.

그녀는 두려운 마음으로 서재 쪽을 바라보며 앉아 있었다. 그러나 다시 씨가 미소를 띠고 나타나자 조금 안심이 되었다. 그가 엘리자베스 쪽으로 오더니 귀에 대고 속삭였다.

"아버지께 가보세요. 서재로 오라고 하십니다." 그녀는 곧장 일어나 아버지에게 갔다.

아버지는 심각한 표정으로 방 안을 서성이고 있었다.

"리지야, 이게 무슨 소리지? 네가 그 사람을 받아들인다고? 너 그 사람을 계속 미워하지 않았니?"

그녀는 아버지에게 자기가 다시 씨를 사랑한다고 확실하게 말씀드렸다. 아버지가 정말로 그렇게 오만하고 불쾌한 사람을 좋아하냐며 재차 묻자 그녀는 눈물을 흘리며 아버지에게 말했다.

"좋아해요. 그 사람을 사랑해요. 아버지, 그 사람은 제멋대로 오만한 사람이 아니에요. 제가 잘못 알았던 거예요. 그는 무척 다정한 사람이에요. 그러니 제발 그 사람에게 그런 표현을 쓰지 말아주세요, 아버지. 제가 너무 가슴 아파요."

"리지야, 나는 이미 그에게 승낙을 해주었단다. 네가 그를 받아들일 결심을 했으니 승낙을 해주마. 하지만 잘 생각해보도록 해라, 리지야. 내가 네 성격을 잘 알기 때문이란다. 너는 진심으로 존경하고 우러러볼 수 있는 남자를 만나야 돼. 그래야만 너는 행복할 수 있어. 너만 못한 사람과 결혼하면 안 돼. 네 재능 때문에 오히려 위험에 빠지고 불행해질 거야."

그녀는 아버지의 말씀에 감동했다. 그녀는 어떻게 그를 사

랑하게 되었는지 천천히 설명했다. 그러자 마침내 아버지가
말했다.

"그렇다면 더 말이 필요 없구나. 네 말이 사실이라면 그는 네
남편 될 자격이 충분해. 리지야, 그보다 못한 사람이었다면 절
대로 너를 내주지 않았을 거다."

엘리자베스는 내친 김에 다시 씨가 리디아를 위해 했던 일도
아버지에게 말씀드렸다.

"오늘 밤은 정말 놀라운 일들의 연속이구나. 그러니까 다시
씨가 그 모든 일을 했다고? 그렇다면 내 큰 걱정을 하나 던 셈
이로구나. 처남이 한 일이었다면 돈을 갚아야만 하고 분명 갚
았을 거다. 그런데 이 사랑에 빠진 젊은이가 제멋대로 한 짓이
라니! 내가 내일 그 돈 갚겠다고 말하겠다. 그러면 너를 사랑해
서 한 일이라고 큰소리치겠지."

아버지의 방을 나서면서 그녀는 무거운 마음의 짐을 내려놓
은 것 같은 기분이었다. 그녀는 방에 잠시 앉아 있다가 어머니
가 옷 갈아입는 방으로 따라 들어가서 소식을 알렸다. 결과는
너무 엄청났다. 그녀는 가족에게 이익이 되는 일은 대체로 머
리가 빨리 돌아가는 편이었지만 이번에는 엘리자베스의 말을
이해하는 데 한참이 걸렸다. 마침내 그녀는 정신을 차리더니

안절부절못하고 계속 의자에서 일어났다 앉았다, 반복했다. 그러고는 성호를 긋고 큰 소리로 외쳤다.

"오, 하느님 맙소사! 다시 씨라고? 그게 정말이니? 오, 내 사랑 리지야! 너는 굉장한 부자가 되고 고귀한 신분이 되는구나! 용돈에, 보석에, 마차에! 제인은 너에 비하면 정말 아무것도 아냐! 리지야, 나는 너무 기쁘다. 너무 행복해. 그렇게 매력적인 사람이! 오, 내 사랑 리지야! 런던에 집도 있겠지! 멋진 건 몽땅 다 있을 거야. 오, 연 수입 1만 파운드! 아, 어찌하면 좋을까! 정말 미치겠어!"

어머니의 승낙은 더 이상 확인할 필요가 없었다. 엘리자베스는 어머니가 그렇게 기뻐하는 모습을 혼자 보게 된 것이 천만다행이라고 생각하며 어머니 방에서 나왔다.

엘리자베스는 다시 씨에게 어떻게 자기를 사랑하게 되었느냐고 묻고 싶었다. 그녀가 말했다.

"일단 저를 사랑하신 다음 멋지게 이끌어간 건 알겠는데, 그 사랑이 어떻게 시작되었는지 궁금해요."

"그걸 어떻게 정확히 집어낼 수 있겠어요? 사랑이 시작된 걸 알았을 때는 이미 한창 진행 중이었는데……."

"당신은 내 미모에 대해서는 처음부터 아니라고 버텼고, 당신을 향한 내 태도는 거의 무례하다고 할 만한 정도였어요. 자, 이제 진지하게 대답해보아요. 내가 무례해서 날 좋아했나요?"

"당신이 활달했기 때문이지요. 행동뿐만 아니라 마음까지도." 그가 간단하게 대답했다.

그러자 엘리자베스가 말했다.

"그걸 무례함이라고 불러도 될 거예요. 당신은 늘 접하는 예절, 늘 받는 존경, 관심, 이런 것들에 싫증이 났던 거예요. 오로지 당신의 칭찬을 받기 위해 당신을 올려다보는 여자들에게 염증이 났고요. 내가 그들과 너무 다르기 때문에 당신의 관심을 끌었던 거지요. 당신이 보통 사람이었다면 내가 남들과 다르다고 오히려 나를 싫어했을 거예요. 겉으로는 아닌 척했지만 당신은 늘 따뜻하면서 고상하고 정의로운 사람이었어요. 당신은 마음속으로는 당신 곁에서 아부하는 사람들을 경멸해왔어요. 자, 이만하면 내가 당신이 설명할 수고를 덜어드린 셈이지요? 한 가지만 더 물어볼 게요. 왜 그렇게 속마음을 털어놓지 않고 주저주저하셨어요?"

"당신이 너무 심각한 채 말이 없었기 때문이오. 그래서 용기를 낼 수 없었소. 그런데 이모님이 내게 전해준 소식이 희망을 주었어요. 당장 당신의 본마음을 알아보자고 결심할 수 있게 된 거지요."

"그분이 큰 도움을 주셨네요. 남들 돕는 걸 좋아하시는 분이니까, 이번 일도 그분을 기쁘게 해드릴 거예요. 그런데 당신, 이모님께 앞으로 일어날 일에 대해 말씀드릴 용기를 낼 수 있겠어요?"

"용기보다는 시간이 필요할 것 같소, 엘리자베스. 하지만 어차피 해야 할 일이에요. 종이를 주면 내 지금 당장 하리다."

다시가 이모에게 정중한 편지를 쓰는 동안 엘리자베스는 외숙모인 가디너 부인에게 편지를 썼다.

두 딸을 시집보내던 날, 어머니로서의 베넷 부인의 마음은 너무나 흡족했다. 나는, 그녀의 그 열렬한 소망이 성취된 후 그녀가 현명하고 상냥한 여성으로서 여생을 마쳤다고 쓸 수 있으면 좋겠다. 하지만 그녀는 여전히 신경과민이었고 어리석었다.

베넷 씨는 둘째딸을 무척 그리워했다. 그는 펨벌리에 자주 가곤 했는데 대부분 자신이 나타나리라는 기대를 하고 있지 않을 때 불쑥 나타나곤 했다.

빙리 씨와 제인은 네더필드에서 열두 달만 지냈다. 빙리는 더비셔 근처에 영지를 구입해서 이사했다. 제인과 엘리자베스는 서로 50킬로미터 이내에 살게 되어 너무 기뻤다.

제인과 엘리자베스의 동생들 이야기도 간단하게 해야겠다.

키티는 두 언니와 자주 지내면서 성격이나 행동이 아주 많이 좋아졌다. 그녀는 리디아처럼 통제가 안 되는 성격은 아니었다. 물론 가끔 리디아로부터 무도회에 오라는 유혹이 있었지만 아버지가 결코 허락하지 않았다. 메리는 여전했다. 그녀는 유일하게 집에 남아 있는 딸이었다. 아버지는 그 애가 정말 큰 거부감 없이 변화하는 걸 받아들이고 있구나, 라고 생각했다.

하지만 정말 변화가 없는 것은 위컴과 리디아였다. 위컴은 엘리자베스가 자신의 과거를 다 알리라고 확신했지만 체념하면서 잘 견뎌냈다. 게다가 다시 씨를 잘 설득해서 출세할 수도 있으리라는 희망을 결코 버리지 않았다. 리디아가 엘리자베스에게 보낸 결혼 축하 편지에 그런 내용이 씌어 있었다.

엘리자베스는 그런 종류의 부탁이나 기대는 다시 하지 못하도록 답장을 보냈다. 그러나 자기가 사적으로 쓸 수 있는 돈을 절약해서 자주 그들에게 도움을 주었다. 나중에 그들은 고향으로 돌아왔지만 생활은 늘 불안정했다. 사치스러운 생활을 하면서 미래에 대해서는 조금도 신경을 쓰지 않았다. 늘 싼 집을 찾아 이리저리 이사 다녔고 늘 수입을 초과해서 지출했다.

빙리 양은 다시의 결혼에 무척 충격을 받았다. 하지만 펨벌리를 방문하는 권리는 유지하고 싶어 화가 나는 걸 참았다. 그녀는 조지아나에게 전보다 훨씬 더 잘해주었으며 다시에게도 전과 다름없이 친절했고 엘리자베스에게도 예의를 다했다.

조지아나와 엘리자베스, 즉 올케와 시누이 사이는 그럴 수 없이 좋았다. 다시가 바라던 그대로였다. 조지아나는 엘리자베스의 세계를 존중했다. 그녀는 처음에는 오빠와 대화하는 엘리자베스의 모습을 보고 경악에 가까울 정도로 놀랐다. 저렇게 활발하고 장난스럽게 대화할 수 있다니! 그녀는 오빠에게 애정이라기보다는 존경심을 느끼며 살아왔다. 그런데 그런 오빠가 공공연히 놀림감이 되는 모습을 보게 된 것이다. 그녀는 엘리자베스를 통해 여성이 남편을 스스럼없이 대할 수도 있다는 사실을 배우고 이해하게 되었다.

캐서린 부인이 조카의 결혼에 분노한 것은 당연했다. 그녀는 결혼을 알리는 다시의 편지에 대한 답으로 온갖 독설을 다 퍼부었고 조카와 이모 사이의 모든 교류가 끊기고 말았다. 하지만 엘리자베스가 다시를 설득했다. 조카는 모욕당한 것을 눈감아 버리고 화해를 청했다. 이모도 처음에는 버텼지만 차츰 분노는 사라졌다. 그리고 여주인 엘리자베스뿐 아니라 런던에서 온 외삼촌 부부로 인해 '숲이 오염되었음에도 불구하고' 펨벌리를 방문하기까지 했다.

　가디너 부부와 이들 부부는 항상 친밀한 관계를 유지했다. 엘리자베스와 다시는 그들을 정말 좋아했다. 그리고 엘리자베스를 더비셔로 데려옴으로써 자신들을 맺어질 수 있게 해준 두 사람을 향한 무한한 감사의 마음을 항상 잊지 않았다.

『오만과 편견』을 찾아서

여러분은 어떤 삶을 꿈꾸는가? 질문이 너무 막연하고 거창하다. 조금 구체적으로 물어보자.

여러분은 대부분의 사람들이 그렇듯이 좋은 사람 만나서 결혼한 후 행복한 가정을 꾸리고 살아가기를 원하는가? 또는 결혼하느냐 안 하느냐는 별로 중요하지 않고 열정적이고 낭만적인 사랑 한번 해보는 것이 더 중요하다고 생각하는가? 젊은이들은 대개 후자의 손을 들어줄 것 같다. 더욱이 요즘 세상 대부분의 젊은이라면 두말할 필요도 없이 후자의 손을 들어줄 것 같다. 그렇게 어느 정도 비현실적인 것이 바로 젊음의 특권이기도 하다. 나중에야 어찌되었건 온 마음을 다 바칠 만한 순수한 사랑, 폭풍처럼 열렬하고 뜨거운 사랑 한번 해보고 싶다는 꿈이 없다면 어찌 젊음이라 할 수 있을 것인가!

우리가 문학작품에서 만나는 사랑은 대개 그런 열정적이고 낭만적인 사랑들이다. 고전 작품들 속에 나오는 사랑 이야기가 그렇고 얼마 전에 우리가 읽은 스탕달의『적과 흑』, 발자크의『골짜기의 백합』에서 보여준 사랑도 그런 사랑들이었다. 그 사랑들은 예외적인 사랑이고 숭고한 사랑이며, 최소한 아름다운 사랑이다. 대부분의 사람들이 꿈꾸었을지는 몰라도 실제로는 경험해보지 못한 그런 사랑이다. 우리는 그런 작품들의 사랑 이야기를 읽으며 우리가 현실 속에서는 이루지 못한 사랑의 꿈을 대리 경험한다. 스스로 작품의 주인공이 되어 그 꿈을 대리 충족시킨다.

영국의 여류작가 제인 오스틴의『오만과 편견』도 젊은 남녀들의 사랑 이야기다. 그런데 그전 문학작품들에서 보았던 사랑과는 무언가 다르다.『오만과 편견』에는 폭풍처럼 휘몰아치는 사랑도 없고 애절하기 그지없는 순순한 사랑도 없다.『오만과 편견』의 주인공들의 사랑은 철저히 현실적인 사랑이다. 그들은 맹목적으로 사랑에 휩쓸리는 것이 아니라 사랑에 대해 심사숙고하고 이성적으로 판단한다. 그 사랑은 필연적으로 결혼으로 이어지는 사랑이다. 그래서 이 소설에서는 사랑의 좌절이 곧 결혼의 좌절이 된다. 이 소설은 젊은이들이 만나서 우여곡절 끝에 결혼에 이르는 과정, 즉 사랑이 실현되는 과정을 보여주고 있을 뿐이다. 그런 의미에서 이 소설의 주제는 사랑이 아니라 결혼이다.

주제가 사랑이 아니고 결혼이라는 것은 무엇을 의미하는가? 이 소설의 주인공들이 예외적인 사람들이 아니라 우리에게 친근한 평범한 사람들이라는 뜻이다.

많은 사람들, 특히 젊은이들은 결혼보다 사랑이 우선이라고 말할 수 있다. 아름다운 사랑을 꿈꿀 수 있다. 그러나 사랑이 결혼보다 우선이라고 말할 수 있다고 해서 누구나 그런 사랑을 할 수 있는 것은 아니다. 그런 사랑을 못 해본 사람은 많다. 하지만 대부분의 사람들이 결혼은 한다. 현실적 결혼을 위해 사랑을 희생하는 사람도 많다. 아름다운 사랑은 예외적이고 결혼은 평범하고 일반적이다. 아름다운 사랑보다 안정적인 결혼을 택하는 사람이 많은 게 우리의 현실이고 우리의 삶이다.

제인 오스틴이 『오만과 편견』에서 우리에게 보여주는 것은 그런 평범한 사람들의 이야기다. 신분이 평범하다는 뜻이 아니다. 사람이라면 누구나 경험하게 되어 있는 모습을 보여주고 있다는 의미에서 평범하다. 여기 등장하는 사랑은 예외적인 사랑이 아니며, 여기 등장하는 주인공들의 꿈도 예외적인 꿈이 아니다. 보통 사람들이 실제로 나누는 사랑이며 실제로 현실 속에서 바라는 것들이다. 그래서 제인 오스틴의 소설들을 리얼리즘 소설이라고 부른다.

『오만과 편견』에서는 네 쌍의 결혼이 이루어진다. 다정하고 온화한 제인과 마음씨 좋은 빙리의 결혼, 안정된 생활을 위해 끔찍한 남자인 콜린스를 택한 샬럿의 결혼, 방탕한 리디아와 사기꾼 기질을 지닌 위컴의 결혼, 그리고 작품의 진정한 주인공이라 할 엘리자베스와 다시의 이상적인 결혼이 그것이다.

『오만과 편견』이 200년을 넘는 긴 세월 동안 무수한 독자들의 사랑을 받았던 이유 중의 하나는 엘리자베스와 다시의 로맨스가 바로 계층과 돈으로 옥죄이는 현실을 벗어날 수 있는 해방감을 느끼게 해주기 때문일 것이다. 당시 사회 분위기에서 재산이 별로 없는 아가씨들이 명예롭게 얻을 수 있는 유일한 생계 대책은 결혼이었다. 그런 현실에서 엘리자베스의 친구 샬럿은 미래의 안정된 생활을 보장받기 위해서 조금도 사랑하지 않는 남자, 혐오스럽기까지 한 남자와 결혼한다. 하지만, 샬럿과 별반 조건이 다르지 않은 엘리자베스는 현실의 압박에 굴하지 않는다. 모든 것을 자신의 분별력이나 감수성에 의해 판단하고 결정한다. 그 결과 사랑과 행복, 재산과 사회적 지위까지 얻게 된다. 『오만과 편견』에서의 엘리자베스의 로맨스는 사람들이 마음속에서 꿈꾸는 일종의 신데렐라 스토리다. 엘리자베스의 로맨스는 그녀에게 현실을 잊게 하거나 현실로부터 도망가게 만들지 않는다. 그 사랑은 일종의 마술처럼 일상의 모든 것을 바꾸어놓는다. 제인 오스틴은 현대인들이 현실적으로 꿈꾸는 사랑 이야기를 우리에게 들려준다.

그 마술은 무엇보다 로맨스 당사자들을 바꾸어놓는다. 엘리자베스는 다시와 사랑하게 되면서 '내가 얼마나 못되게 행동한 거지! 판단력이 뛰어나다고 자랑하던 내가! 내 능력에 대해 자부심을 가졌던 내가! 나는 남을 못 믿는 비난받을 내 성격을 자랑하며 내 허영심이나 채웠던 거야. 아아, 정말 부끄러워. 나는 사랑이 아니라 허영이라는 어리석음에 빠졌던 거야. 나는 지금 이 순간까지도 나를 전혀 모르고 있었어'라고 자책하며, 다시는 엘리자베스 덕분에 겸손이 어떤 것인지 제대로 배우게 되었다고 그녀에게 말한다. 엘리자베스와 다시는 사랑으로 인해 오만과 편견에서 벗어날 수 있게 된 것이다. 사랑을 하면 눈이 먼다고 하는데 사랑을 함으로써 미처 알지 못하던 것을 깨우치게 되다니, 정말 대단하고 독특한 사랑의 마술이다. 그리고 현대인들은 바로 그런 마술적 힘을 가진 사랑을 꿈꾼다. 현대인들의 사랑은 비현실적인 고전적 사랑이 아니라 신데렐라 같은 사랑이다.

그들의 결혼은 당사자들을 변화시키고 서로에게 도움을 주는 결혼이다. 좀 과장되게 말한다면 일종의 영혼의 결합이다. 카를 구스타프 융이라는 심리학자는 사람과 사람의 진정한 만남은 일종의 화학적 융합(fusion)이라고 말했다. 이질적인 요소들이 결합하여 전에 존재하지 않던 새로운 물질을 만들어 내는 것이 화학적 융합이다. 엘리자베스와 다시의 결혼은 일종의 화학적 융합이다. 그 결합은 모든 사람들이 꿈꾸는 이상적인 결혼의 모습이다. 『오만과 편견』을 재미있게 읽기 위해 굳이 그 당시 사회상을 자세히 알 필요는 없다. 사람들은 언제나 그 꿈을 꾸고 있기 때문이며, 세상이 각박해지고 속물화될수록 그 꿈을 향한 열망이 더욱 커지기 때문이다. 어떤가? 여러분도 그 꿈을 한번 꾸어보지 않겠는가!

제인 오스틴은 1775년 12월 16일 영국 햄프셔 주 스티븐턴에서 교구 목사의 일곱 번째 아이로 태어났으며, 여덟 살부터

3년간 기숙학교에서 교육을 받았고 그 후로는 집을 떠난 적 없이 책을 읽으며 독학했다. 열두 살 때부터 시와 단편소설, 희곡을 쓰기 시작했고, 스무 살에 장편소설을 쓰기 시작해 1795년부터 1799년 사이에 『오만과 편견』 『분별력과 감수성(Sense and Sensibility)』 『노생거 사원』을 완성했다. 1800년 부친의 은퇴와 더불어 바스로 이주하고, 1805년 부친의 사망 후 셋집과 친척 집들을 전전하다가 1809년에 오빠 에드워드의 집이었던 초턴의 코티지에 정착한 후 본격적으로 작품 활동을 한다. 21세에 『첫인상』이라는 작품을 쓰기 시작하여 이듬해에 완성, 아버지가 런던의 출판사에 보냈으나 거절당했다. 이것을 개작하여 1813년에 발표한 것이 그녀의 대표작 『오만과 편견』이다. 처음 출간된 『분별력과 감수성』(1811)를 비롯하여 『오만과 편견』 (1813), 『맨스필드 파크(Mansfield Park)』(1814), 『에마(Emma)』(1815) 등의 걸작이 햇빛을 보았으나, 『설득(Persuasion)』(1818)을 탈고한 후부터 건강을 해쳐 이듬해 42세에 죽었다. 평생을 독신으로 지냈는데, 담담한 필치로 인생의 기미(機微)를 포착하고 은근한 유머를 담은 그녀의 작품은 특히 20세기에 들어서면서 높이 평가되었고, 영국 소설의 위대한 전통을 창시했다는 평가를 받고 있다. 그리고 영국의 한 여류작가로 머물지 않고 세계문학의 대표적 작가의 반열에 오르게 되었다. 그녀를 높이 평가하는 사람들은 그녀의 세밀한 관찰력과 인간 심리에 대한 섬세한 통찰력에 특히 높은 점수를 준다. 그리고 당시의 물질 지향적 세태를 풍자하면서 도덕의식을 예리하게 탐구했다는 평가도 받는다.

평생 독신으로 지낸 오스틴은 스물한 살 때 훗날 아일랜드 대법관이 된 톰 레프로이와 잠시 연애했으나 남자 쪽 집안의 반대로 헤어진다. 그리고 스물일곱 살 때인 1802년에는 넓은 토지를 상속받은 남자의 청혼을 받고 수락했으나, 그다음 날 철회했다. 1814년에 결혼에 대한 조언을 부탁한 조카딸에게 "애정 없이 결혼하기보다는 무엇이든 다른 것을 택하고 견뎌야 한다"는 편지를 보낸 것으로 보아, 그녀의 파혼 이유를 짐작할 수 있다. 오스틴 생전에 발표된 작품들은 비교적 좋은 반응을 얻었으나 사후에는 찰스 디킨스와 조지 엘리엇 등 빅토리아조의 소설가들에게 가려서 그리 인정을 받지 못했다.

그렇지만 19세기 후반부터 조지 헨리 루이스와 헨리 제임스 같은 평자들의 높은 평가에 힘입어 문학 정전의 반열에 들게 되었으며, 대중적으로도 큰 인기를 얻게 되었다.

20세기 후반에 이르러 오스틴의 작품들은 수백만의 열광적인 독자들을 확보하게 되었고 영화, 연극, 드라마 등으로 무수히 개작되면서 대중적인 문학 작품으로 자리 잡았을 뿐 아니라 영국 소설의 전통을 세운 위대한 작품으로 평가받게 되었다. 『오만과 편견』은 여러 번 영화화되었고 그때마다 많은 주목을 받았다. 그중 대표적인 작품으로는 조 라이트 감독, 키이라 나이틀리 주연의 영화가 있다.

오만과 편견

생각하는 힘: 진형준 교수의 세계문학컬렉션 23

| 펴낸날 | 초판 1쇄 2018년 2월 1일 |
| | 초판 2쇄 2022년 12월 30일 |

지은이	제인 오스틴
옮긴이	진형준
펴낸이	심만수
펴낸곳	(주)살림출판사
출판등록	1989년 11월 1일 제9-210호

주소	경기도 파주시 광인사길 30
전화	031-946-1350 팩스 031-624-1356
홈페이지	http://www.sallimbooks.com
이메일	book@sallimbooks.com

| ISBN | 978-89-522-3819-1 04800 |
| | 978-89-522-3984-6 04800 (세트) |